밥값도 못 하면서 무슨 짓이람

시작시인선 0288 밥값도 못 하면서 무슨 짓이람

1판 1쇄 펴낸날 2019년 4월 16일
1판 2쇄 펴낸날 2019년 10월 11일
지은이 박형진
펴낸이 이재무
책임편집 박은정
편집디자인 민성돈, 장덕진
펴낸곳 (주)천년의시작
등록번호 제301-2012-033호
등록일자 2006년 1월 10일
주소 (03132) 서울시 종로구 삼일대로32길 36 운현신화타워 502호
전화 02-723-8668
팩스 02-723-8630
홈페이지 www.poempoem.com
이메일 poemsijak@hanmail.net

ⓒ박형진, 2019, printed in Seoul, Korea

ISBN 978-89-6021-421-7 04810
       978-89-6021-069-1 04810(세트)

값 9,000원

밥값도 못 하면서 무슨 짓이람

박형진

천년의 시작

시인의 말

시가 무엇인지도 모르고 시를 써왔고
인생이 무엇인지도 모르고 여태껏 그럭저럭 살아왔습니다.
돌이켜 보면 안타깝고 후회스럽습니다. 그렇다고 하여 지금은 달
라진 게 있느냐 하면 딱히 그런 것 같지도 않습니다.
그래서 제 앞에 다가오는 하루하루를 그저 지수굿하게 받아들이
는 것 말고는 달리 할 것이 없군요. 특별히 할 말도 없고요.
시집이 나오기까지 컴퓨터를 쓸 줄 모르는 저 때문에 아내가 많
이 고생했습니다. 출판사분들께 고맙습니다.

2019년 4월 박형진

차 례

시인의 말

제1부 봄

시로 쓴 농사 일기 1—사랑의 씨앗 ——— 13
시로 쓴 농사 일기 2—민들레 ——— 15
시로 쓴 농사 일기 3—경운기질 ——— 17
시로 쓴 농사 일기 4—유기농 ——— 19
시로 쓴 농사 일기 5—밭매기도 이럴진대 ——— 20
시로 쓴 농사 일기 6—세상에서 가장 아름다운 곡 ——— 23
시로 쓴 농사 일기 7—멧돼지 ——— 26
시로 쓴 농사 일기 8—사월에 부는 바람 ——— 29
시로 쓴 농사 일기 9—올해는 고추를 심지 않았다 ——— 31
시로 쓴 농사 일기 10—오월의 격문 ——— 33
시로 쓴 농사 일기 11—손 모내기 ——— 36

제2부 여름

시로 쓴 농사 일기 12—양파 ——— 41
시로 쓴 농사 일기 13—우중雨中 ——— 44
시로 쓴 농사 일기 14—파종 ——— 46
시로 쓴 농사 일기 15—가뭄 ——— 48
시로 쓴 농사 일기 16—이사 ——— 50
시로 쓴 농사 일기 17—깨 농사 ——— 52
시로 쓴 농사 일기 18—초복初伏 ——— 54
시로 쓴 농사 일기 19—환상통 ——— 57
시로 쓴 농사 일기 20—냉면 ——— 59
시로 쓴 농사 일기 21—몸살 ——— 61
시로 쓴 농사 일기 22—중복 ——— 63
시로 쓴 농사 일기 23—호미 말 ——— 65
시로 쓴 농사 일기 24—허기 ——— 67
시로 쓴 농사 일기 25—거꾸로 처박다 ——— 69
시로 쓴 농사 일기 26—무심한 듯이 ——— 72
시로 쓴 농사 일기 27—대지의 몸 ——— 76
시로 쓴 농사 일기 28—뭐냐 ——— 78

제3부 가을

시로 쓴 농사 일기 29—너 미쳤냐 ——— 83

시로 쓴 농사 일기 30—야한 가을 ——— 85

시로 쓴 농사 일기 31—오이 1 ——— 88

시로 쓴 농사 일기 32—오이 2 ——— 90

시로 쓴 농사 일기 33—오이 3 ——— 92

시로 쓴 농사 일기 34—빨래 ——— 94

시로 쓴 농사 일기 35—고구마 1 ——— 96

시로 쓴 농사 일기 36—고구마 2 ——— 98

시로 쓴 농사 일기 37—고구마 3 ——— 99

바람 부는 날 ——— 100

추석 지난 ——— 102

제4부 겨울

농부 ——— 105

피서지에서 ——— 106

지갑 ——— 108

세습 ——— 110

기우祈雨 ——— 112

칠석 ——— 114

낙엽 지다 ——— 116

짚 한 베눌 ——— 117

빈 그릇 ——— 119

바느질하는 사람 ——— 120

농민전傳 ——— 121

감나무 ——— 123

대설 ——— 124

불목하니 ——— 126

동치미 ——— 128

장마 ——— 129

사월, 길을 잃다 ——— 130

2014 − 0416 ——— 132

꿈, 나무 ——— 133

해 설

정도상 대지에서 길러낸 시 ——— 136

제1부 봄

시로 쓴 농사 일기 1
―사랑의 씨앗

세상에나!

씨앗을 나눠 받는 것보다 더
좋은 일이 또 있을까
오래 늙은 겨울이 가고
소녀의 가슴 같은 봄이 오는데

누가 내
손바닥에 쥐여 주는 따뜻한 씨앗 세 알!

종일 봄비에 부푸는
흙 가슴에 묻어 싹이 터지면
바람에 떨면서도 언젠가는
저 느티나무처럼 아름드리 될,

그리하여 수천 수백의 가지 끝마다
수천수만의 잎 피워 올리고
좋아라 좋아라
햇빛에 반짝이며 그늘 만들면

아이들 뛰놀겠지
서로 사랑할 거야

일기_

　절친하게 지내는 이웃 동네의 누님 한 분이 밥에 두어 먹으면 좋다고 심어보라고 줄콩 한 주먹을 내 손에 나눠주셨다. 화단에 수선화 꽃 대궁이 올라오는 봄비 오는 어느 날, 기숙사 마루 끝에 앉아 봄 안개 같은 가물가물한 생각 하나가 지나가는 것을 붙잡았는데 때마침 공동체학교의 잔디 마당에서 비를 맞으면서도 공을 차는 아이들 모습이 눈에 들어왔다. 가물가물하고 희미하기만 하던 생각들이 순간 환하게 한 줄로 꿰어졌다. 손에 나누어 받았던 씨앗, 싹을 틔워 올리느라 봄비에 부푸는 흙 가슴, 아이들 뛰노는 나무 그늘과 그 아래서 서로 사랑하는 먼 훗날의 모습. 수업을 마치고 서둘러 집에 돌아와 시 한 편을 쓰고 사랑의 씨앗이라 이름을 달았다.

14

시로 쓴 농사 일기 2
—민들레

민들레 민들레
일 년 열두 달 천지 사방
안 핀 데 없는 민들레가
우리 집 토방 돌 틈에도 피었네
토방을 내려서다 말고 나는
마당에 풀 뽑듯이 무심코
툭! 하고 뽑아냈지
두 주쯤 지난 어느 날
그 자리에 민들레 또 피었길래
이번에도 무심결에 툭 하고 뽑아냈네
그리고는 얼마나 지났을까
이파리 하나만 달랑 남은 민들레가
돌 틈에 아주 조그맣게 피어서는
수줍게 수줍게 웃고 있어
그때는 차마 뽑지를 못했네
그 자리에 물끄러미 마주 보며
술 담배나 끊어보자 다짐을 했네

일기_

민들레······ 노란 꽃을 보며 이렇게 가만히 이름을 불러보면 어느덧 2년이 다 되어가는 세월호 참사와 어린 학생들이 생각 난다. 더 나아가 언제 터질지 모를 일촉즉발의 한반도 전쟁 위 기와 결코 남의 나라 일이라고만 볼 수 없는 후쿠시마 원전 사 고. 이런 일들은 모두 절망 · 절멸이라는 단어와 같은 말인데 민들레 홀씨 하나하나의 흰 가녀림 속에는 생명이라는 의미가 담겨 있어 아프게 뒤섞인다. 하지만 우리는 오늘도 시간의 풍 화에 기대어 애써 툭툭 이런 생각들을 끊어내지는 않는가? 정 작 끊어야 할 것은 끊지 못하고 이어가야 할 것들은 잇지 못한 채 가고 있는 봄날의 속절없음이나 탄하는구나!

시로 쓴 농사 일기 3
—경운기질

타타타타타타……
처음엔 한 줄
이마에 푸른 고랑을 내었다

그렇게 몇십 년
새긴 밭고랑이

털 · 털 · 털 · 털 · 털……
얼굴에 가득
주름이 되었다

가을처럼

그 주름 한 두둑 호미질하면

밭둑에 앉아 씻던 땀방울만
뚝뚝
묻어 나올 뿐

세월의 넝쿨 따라 씨알 졌던
청춘 한 바구니

간곳없다

일기_

겨우내 비워 둔 밭에 풀이 무성해서 무얼 심어야겠다는 작정도 없이 올 들어 처음으로 하루 종일 경운기질을 했다 맘먹기로는 오전 한나절만 하고 나머지는 내일 하기로 했는데 하다 보니 마음이 바뀌었다. 비가 오신다는 예보도 있거니와 힘이 들어도 하루에 끝내버리고 땀 찬 옷을 벗어버리고 싶은 게다. 그래서 오후에도 계속 했는데 점점 힘에 부쳐서 한 고랑씩 갈 때마다 그만둘까 망설인다. 그러기를 수십 번, 날이 저물고 포기하지 않은 덕에 이젠 몇 고랑 일거리만 남았다. 경운기가 지나감에 따라 밭 가득 드러나는 고랑들이 평생 내 얼굴에 새긴 주름 같다고 생각했다.

시로 쓴 농사 일기 4
—유기농

마늘밭에 고자리 밭에 메꽃 메꽃 메꽃 메꽃 메꽃 방가지똥 방가지똥 방가지똥 방가지똥 조뱅이 조뱅이 조뱅이 조뱅이 개불알 개불알 개불알 개불알 괭이밥 괭이밥 괭이밥 괭이밥 바랭이 바랭이 바랭이 바랭이 여뀌 여뀌 여뀌 여뀌 비름 비름 비름 비름 명아주 명아주 명아주 밭에 마늘 마늘 마늘

일기_

마늘밭을 매는데 아직도 고자리 천지다. 애벌레가 어른벌레가 되어 쐴 대로 쐰 마늘 대궁까지 갉아버려서 작년에 반타작도 되지 못하겠다. 눌러 죽이는 게 징그러워서 처음엔 몇 번 잡아내다가 포기한 것이다. 마늘 듬성해진 틈에 풀만 어찌나 나고 자라는지 벌써 네 번째 맨다. 내일모레 캘 때인데 그러므로 마늘밭이 아니라 이것들의 밭인 게다.

시로 쓴 농사 일기 5
—밭매기도 이럴진대

몇십 년 함께 산
나와 아내 사이에도 삼팔선이 있다
부부 싸움으로 갈라선 그런 것이 아니어도
추위를 못 견디는 나는 남쪽 밭둑에서 김을 매면
아내는 나 때문에도 반대쪽에서 밭을 매오는 것,
같은 쪽에서 매도 되긴 하지만
사래가 긴 마늘밭이라 너무 지루해서다

처음엔 풀 매느라 겨를이 없어
손만 바삐 놀린다, 풀 중에는 철이 다해 가는 것도 있고
이제 막 제철인 풀도 있고, 한창 자라 억센 것
가시가 달린 놈도 있다, 이것들을 넘어가야

아내와 만날 수 있다

그래도 내 쪽은 땅도 무르고 풀도 잘 뽑아지는데
반대쪽은 거칠고 풀은 뿌리가 질기다, 당연히
내가 훨씬 더 빨리 아내 쪽에 다가간다
말소리가 들릴 정도까지 다가가면 조금 크게
부지런 부지런 매어오라고 소리치다가

어느덧 바짝 다가가면 서로 더 손놀림이 빨라지고

드디어
만세!

남북통일이다

남은 것은 이제 내일 또 매자고
둘이 손을 잡고 돌아오면 방 안에서도 또
위아래 녘 통일이다 그래서 날마다 날마다
남북통일 밭매기다

일기_

　아내와 내가 밭을 매고 있는데 웬 택배 차가 한 대 들어온다. 어디서 택배 온다는 전화도 없었는데 웬일인구? 그런데 차에서 내리는 사람이 낯이 익다. 옛날 농민회 활동을 같이 했던 이웃 면의 형이다. 이 근처 바닷가에 가족들 함께 놀러왔다가 잠깐 들렀단다. 이런저런 이야기 끝에 그 형 하는 말, "자네도 영감 다 되었네. 남자가 앉아서 밭 매고 있으면 영감 다 된거여." "아 그런거요? 그러면 나는 몇십 년 전부터 영감 되아부렀소." 웃고 말았다. 무얼 하느냐도 중요하고 어떤 생각을 가지고 사느냐도 중요할 텐데 내가 일평생 밭이나 매고 있어서 통일이 되지 않는 걸까? 용렬한 사람이라도 어느덧 자괴감이 생기는데 일촉즉발의 요즈음 세상은 참 겁이 나서 못 살겠다. 하여 이런 시 뒤에나 서있다.

시로 쓴 농사 일기 6
―세상에서 가장 아름다운 곡

정말 오래 기다렸어요
진즉부터 오시기를 바라고
할 수만 있다면 예매라도 해두고 싶었는데
다른 지방으로만 다니며 공연하시고
애를 태우더군요
그러다가 드디어 오늘
문자 메시지가 떴네요
늦은 밤 열한 시, 대지극장 정원홀!

이 공연을 마음껏 즐기기 위해
저희 내외는 며칠 전부터
참 땀나게 일했답니다
진정한 즐거움이란 늘
힘써 일한 다음에 찾아오는 법이니까요
오늘은 늦었지만 서둘러 감자도 묻고
양파밭도 매고 거름도 주고
나무도 몇 그루 캐 옮기고 부엌에
땔 마른 나무도 몇 단 했어요
그렇게 땀으로 흠빡 젖어서는
아궁이 솥에 물 덥혀서

머리 감고 목욕까지 했습니다
깨끗한 옷도 갈아입었죠
아무렴요, 이런 나들이가 세상에
또 있을라구요, 밤 열한 시 대지극장 정원홀!

구름 오케스트라의 봄비 교향곡이
마침내 시작되었습니다
합창 단원은 개구리들이고요
연못은 피아노 오르간입니다
수선과 튤립 꽃잎은 바이올린 비올라
뒤란 대숲은 플룻이군요
하프는 추녀 끝에 떨어지는 낙숫물
이따금 천둥이 큰북 작은북 심벌즈 소리를 내지요
저희는 두 손을 꼭 잡고 눈을 감고 누웠습니다
이 곡은 이렇게 들어야 가장 감미로우니까요
그러니까 하나님
아무쪼록 이 곡은 오래오래 연주해 주시고
마지막 커튼콜은 부디 자장가를 들려주세요
아셨죠?

일기_

여러 날 비가 오지 않아서 봄 가뭄이 시작되는가 걱정되던 때에 전국에 걸쳐 늦은 밤부터 비가 오겠다는 일기예보가 떨어졌다. 칠년대한 가문 날에도 할 일 못다 하고 죽은 귀신이 있어 하루만 더 참았다 왔으면 한다지만 비가 온다니 변변찮은 농사라도 서둘러 마무리 지을 게 많아진다. 비가 오면 어차피 내일은 쉴 수 있을 터! 하여 저물도록 일하고 씻고 저녁 먹으니 기분 좋은 피로가 몰려온다. 그래도 TV 뉴스와 드라마는 봐야지! 귀는 창밖에 열어두고 눈으로만 화면을 좇는데 한 방울 두 방울 드디어 기다리고 기다리던 빗소리가 들린다. "정신 시끄러우니 고만 끄고 저 소리나 듣세" 아내가 곱게 눈을 흘기더니 말없이 일어나 TV와 전등을 껐다.

시로 쓴 농사 일기 7
—멧돼지

너는
눈보라 휘날리는
어느 바위산 위에서
등성마루 털 은회색으로 곧추세우면
그대로 고집 센 바위산이었다

그러다가 가끔 한 번씩
천둥 번개를 안은 바윗돌처럼
골짜기 내달리고 내를 건너
맞은편 산허리를 들이받는 건 너의 취미!

봄 가을만을 기다려
꼭 한 번 죽순과 칡뿌리를 먹는 것도
세상엔 너의 기개를 채워줄
그 무엇이 없기 때문일 터인데

잗다란 인간의 조각 밭이나 더듬고
가시덤불 대신 신작로를 달려
이제 스스로 욕이 되려 하느냐

길들여지면 아니 되느니
그것은 너무도 순식간이어서
네 뒤를 따르는 새끼들에게
인간의 탐욕이나 가르치게 될 것을

이것이 지금 어쩔 수 없는 현실일지라도
내일엔 너는 너로 나는 나로 돌아가자
그래서 너를 향한 나의 죽창이 본래대로
너를 건너 좀 더 푸른빛을 내게 하고
너는 지금껏 그래왔던 것처럼
아름다운 산의 전설이 되게 하는 것이다

일기_

아내의 화단에 이틀째 멧돼지가 내려왔다. 이제 마악 꽃이 피기 시작하는 튤립에 분탕질을 해놨다. 아내가 한나절 말이 없는 것은 상심이 너무 커서이리라. 그렇다고 아내 마음만큼 이나 아기자기하게 꾸며진 화단에 무슨 수로 방책을 세울 수 있을까? 전혀 없는 것은 아니다. 불법이긴 하지만 한두 다리 만 거치면 총 덫 올가미를 구해서 놓을 수도 있다. 하지만 그 건 불공평하다. 내 비록 그 서식지를 파괴하지 않았으므로 정 당하다 할지 몰라도 공존이란 관점에서 보면 인간의 우월한 도 구들을 남용해서는 안 된다. 그래 생각다 못해 한 사흘 밤 정도 한뎃잠을 자면서 이 녀석들을 물리치기로 결심하고 맨손일 수 는 없어서 뒤란의 대 한 가락을 베어 죽창을 만들었다. 그리고 는 사흘 밤을 밖에서 지켜보았다. 하지만 시위처럼 팽팽히 당 겨져서 날것 그대로 맞닥뜨리고 싶기도 했던 그 숨 막히는 순 간은 일어나지 않았다. 멧돼지들이 더 이상 오지 않았던 것이 다. 아내를 위한 내 사흘 밤의 노숙을 원시의 그것이라고 생각 하자 나와 멧돼지가 동일한 짐승임을 알겠다.

시로 쓴 농사 일기 8
—사월에 부는 바람

바람이 분다
비가 온다

미친 듯 비가 오고
검은 바람이 분다

　저 꽃을 찢지 마라 –

　　저 꽃을 찢지 마라 –

머리카락 갈가리
뿌리가 울어

저 꽃을 찢지 마라
바람이 운다

저 꽃을 찢지 마라
비가 운다

일기_

    강풍과 함께 많은 양의 비가 온다고 하자 아직 고추를 심지 못한 사람들이 비 전에 심으려고 마음들이 급해져서 나에게도 거들어달란 전화가 왔다. 비닐 터널을 씌워서 심는 고추는 특히 바람이 불 때는 사람 손이 많이 필요한 거라 고추 심는 사람들끼리 품앗이 하는 외에 심지 않는 나 같은 사람도 손을 빌려줘야 한다. 그런데 이왕 거들어주기로 한 것 어디 한 집 것만 해주고 올 수가 있나– 내친김에 두 집 세 집 옮겨 다니며 하다 보니 하루가 훌쩍 간다. 저녁부터 서서히 바람이 일기 시작하더니 점점 거세어져서 차양을 달아냈어도 추녀 깊숙이 들이치는 비가 요란스레 방문을 두들긴다. 밖은 칠흑 같은 어둠인데 머리카락을 풀어 헤치고 울부짖는 듯한 바람 소리가 사람의 가슴을 후벼 파듯 심상찮은 기운마저 느껴진다. 화단에 한창 피어있는 꽃들은 어찌할까, 오늘 고추 심은 사람들의 비닐 터널은 이 바람에 견딜 수 있을까, 내 일이 아니라도 마음이 쓰이는데 그러나 이 불안과 걱정의 근원이 과연 그것 때문만일까? 순간 무엇에 이끌리듯 오늘이 2년 전의 4월 16일임이 깨득되자 이내 암전된 듯 부르르 몸이 떨린다. 그러니 바람이 어찌 심상할 수 있으랴, 밤이 깊을수록 비바람은 점점 거세지는데 어차피 잠들기는 틀린 듯 스탠드 불을 밝히고 책상 앞에 앉았다.

시로 쓴 농사 일기 9
—올해는 고추를 심지 않았다

작년 이맘땐
고추밭 줄을 쳤었다

비닐 끈 담은 주머니 허리에 차고
한 골
또
한 골

밤에 비 오고 바람 분다는 소식에
허리 펴고 눈 들어 볼 새 없었다

산딸나무 때죽나무 이팝나무꽃
올해도 작년처럼 아까시꽃 피었지만

병충해 때문에
몸은 고달프지 않은 대신

흰색이 겨운 푸른빛만큼이나
꽃만 보는 것도 쓸쓸하여라

일기_

마당귀에 심은 때죽나무꽃이 함박이다. 떨어진 꽃이 땅에
도 한 벌, 눈처럼 깔렸다. 냇가에 아까시, 정지 앞의 이팝, 그
리고 대문께의 산딸나무까지 오월 나무의 꽃은 모두 흰색으로
향기로운데 꽃 속을 거닐다가 문득 바빴던 작년 이맘때가 생각
났다. 올해는 고추를 심지 않아 바쁘지 않지만 가만히 꽃만 보
는 것도 왠지 쓸쓸하다. 하지만 이런 쓸쓸함의 가장자리에 오
래 그냥 서있고 싶다.

시로 쓴 농사 일기 10
―오월의 격문

다시 깃발을 내다 꽂자 친구여!

검붉은 태양이 너울너울
산등성이를 넘어가는 고단한 석양에
자운영 독새기 퍼런 논둑에 서보면
왜가리 백로 떼 흰 두루마기를 입고
계절의 손님처럼 먼 논에 날아들고
싸디싼 쌀값에 시름겨워도
발밑에 개구린 목청을 놓아
논 갈아라 논 갈아라 합창을 한다

네 손에 쟁기를 잡겠느냐, 억센
네 손에 모춤을 쥐겠느냐
반쪽은 굶어 죽고 반쪽은 터져 죽는 마당에도
아까시나무는 철없이 꽃 두레방석을 펴고
더운 땀 흘린 너의 새참을 기다리는 듯
안타깝게 오월의 향기를 실어 보낸다

지나가던 길손들마저 없구나
푸른 모를 꽂으며 너의 노래를 들려주고

눈 마주 들어 탁배기 잔을 나눌 이웃도
첨벙이는 무논을 뛰놀 아이들도 없구나

너의 노동은 오래전부터 헛되었는데
온몸으로 익힌 더운 쌀밥 사발을 들고
두 손으로 두 무릎으로 다가갈
이 땅의 눈물들이 있더냐, 아직도
이 땅의 기룬 것들이 있더냐

시름을 넘어 가시 덮힌 이 절망을 넘어
농자천하지대본 다시 깃발을 세우는 것은
결코 포기할 수 없는 꿈 때문이지
풍물 굿을 울리며 팔 흔들어 춤추는 것은
쓰러져도 쓰러져도 이 흙 쥐고 일어나
빈자의 세상을 만들기 위해서다

일기_

　모두 다 환영이고 환청이다. 눈을 뜨고 고개 들어 보면 넓은 들 그 어디에도 옛날처럼 논둑에 앉아 새참을 먹는 모습은 물론 지나가는 사람조차 없다. 아련히 귓가에 맴돌던 상사소리 대신 간간이 트랙터 소리만 들려올 뿐 적막하여 평화로운 이 모습은 오히려 불안하고 불편하다. 연중 가장 바쁘고 희망으로 흥성거려야 할 오월에 혼자 논둑을 깎으며 환영을 쫓는 것은 아직 포기할 수 없는 꿈 때문일까? 저 석양은 넘어가서 다시 찬란한 아침 해로 떠오를 것을 믿는 것처럼.

시로 쓴 농사 일기 11
—손 모내기

이것은
평등의 바다 위에만 심을 수 있는
우리들의 소중한 자유다!

날라리를 불어라 풍물을 울려다오
자아아 – 어어이
못줄을 한 번 넘길 때마다
너는 뒷산으로 매기고 나는 앞산으로 받아
희망은 가차워지고 절망은 멀어진다
누가 이렇게 논을 골랐다냐
등 나오고 배 곯으면
피는 커도 모가 녹는다
자아아 – 어어이 또 한 번 줄을 떼세
한 발 한 발 발을 옮길 때마다
사랑한다사랑한다사랑한다사 · 랑
한 · 다고 외치며 너에게 다가가지만
네 것이어야 할 허리는 논둑에 붙들리고
눈은 푸른 하늘에 빼앗겼다, 나는
이제 내가 아니다 자아아 어어이–
저 혼을 부르는 소리에 육신마저 내려놓고

한없이 낮아져서 밟히고 뭉개지는 흙과 함께
수평이 되어서야만 비로소
너에게 다가갈 수 있을 뿐,

그리하여 우리가 몸에 새긴 수천수만의 푸른 직립들은
결코
사라지지 않는 것이다

일기_

    실로 몇십 년 만에 해보는 손 모내기다. 20년을 한결같이 손 모내기만을 해오던 변산공동체학교에서 올부터는 함께 모를 내자고 하여 그리된 것인데 가슴이 이상하게 울렁거린다. 논을 갈고 고르는 것은 트랙터가 알아서 해주고 모내기는 이앙기가 해주므로 모내는 날 나는 논둑에서 모판만 들어주면 끝이었지만 손으로 모를 내는 데야 그럴 수 있나, 20여 명의 사람들이 반나절은 해야 하므로 떡도 한 말 술도 한 말 시원하라고 얼음과자도 한 보따리 샀다. 계산해 보면 이앙기에 비해 이쪽이 훨씬 더 시간과 경비가 많이 든다. 하지만 기계는 오직 기계적 계산만 있을 뿐 사람은 그 과정에서 노동의 고달픔과 성취감, 내가 심은 벼 한 포기 한 포기에 대한 애정과 관심에서 더 나아가 사람과 사람 사이의 연대와 사랑으로 이어진다. 그러므로 이것은 한 덩어리 밝고 건강한 생명의 기운이 무논처럼 출렁이며 응축되는 시간인 것이다. 가을의 수확이 그래서 더 풍요롭고 의미 있지 않겠는가? 끊어질 듯 아픈 허리를 잠시 논둑에 눕혀 쉬임 하면서 바라보는 푸른 하늘이 오늘은 유달리 더 맑다.

제2부 여름

시로 쓴 농사 일기 12
―양파

탁구공보다는 조금 크고
정구공보다는 조금 작다
손안에 캐 쥐면 이 풍신 나는 것들을
다 직구로만 던져버리고 싶다
(어떤 정신 너갱이 빠진 놈이 있어
남 속 터지는 줄도 모르고
취미 활동하자고 도루하듯 아내를 불러내 갔다)
함성 또 함성!
포물선을 그리는 양파 공의 붉은 궤적을 쫓으며
타자는
여유롭게 그라운드를 돌고 있지만
(열한 시가 다 되도록 아내는
오지 않는다 취미 활동도 끝났을 텐데
어디서 우아 떨고 있는 걸까)
결국 제구력을 잃은 그는
삼 연타석
균핵병 노균병 쭈꾸미병
내리 홈런을 맞았다
(기어이 말다툼을 하고야 말았다
하지만 아무도 잘못은 없다, 단지

사랑하는 만큼만 후회가 남는 것이어서)
유월의 외로운 햇살 아래 그는
힘없이 땅에 주저앉았다

이 시를 읽는 당신이 시방 감독이라면?

일기_

이제 더 이상 양파 농사를 짓지 못할 것 같다. 뿌리 흙썩음 병의 균에 토양이 한번 오염되자 삽시간에 밭 전체로 퍼져 삼 년을 내리 손 털어 쥐었다. 어디 그뿐이랴, 유기농을 한답시 고 약을 치지 않으니 노균병에 쭈꾸미병까지 엎친 데 덮쳤다. 방법이 있긴 하단다. 여름 한철을 밭에 비닐을 씌워서 태양열 에 볶아지게 소독을 하든지 논에 재배하는 것이다. 그러나 멀 리 남의 동네에 있는 논에까지 양파를 심기는 어렵고 밭 전체 에 비닐을 씌워놓기도 지난한 일이다. 관행농을 하는 사람들 도 사정은 마찬가지여서 이웃 동네 사는 친구는 농협과 계약재 배를 하는데 닷 마지기 양파밭에 작년 가을 이후로 지금껏 열 한 번의 농약을 해서 약값만 무려 350만 원이 들었다 한다. 그 나저나 밭에서 가장 돈 되는 게 고추와 양파인데 두 가지 다 병 에 져서 할 수 없으니 이제 어찌한다?

양파가 잘못된 게 아내 탓일 리 천만부당이건만 혼자 일하려 니 괜히 심사가 나서 한번 걸어보았다.

시로 쓴 농사 일기 13
—우중雨中

소나기 조금 온다더니
종일 장맛비처럼 오시는 날은
풋매실 땅에 구르고
오래 아니 땐 굴뚝에
푸른 연기 오른다, 산 꿩이 우는
툇마루 기대앉으면
살구 광주리를 머리에 인
이웃 마을 늙수그레한 아주머니가
마당 안으로 들어서는 것만 같다
저 삼한적三韓的 친구가
밀 냄새 보리 냄새를 풍기며
찾아올 것만 같다

일기_

낫으로 보리를 베던 예전 같으면 장마 전에 거두어들이고 여름 끝을 붙이려 밤늦게까지 밭에서 일하기 예사인 때이다. 망종이 지났으니 비라도 한번 맞히면 보리는 고스러져서 거두기 어려울뿐더러 끝이 늦으면 하지 무렵에 해야 하는 모내기까지 일이 밀려가기 때문이다. 그러므로 고양이 손이라도 빌릴 수 있다면 빌려야 하고 부지깽이라도 일으켜 세워 한몫을 거들게 해야 한다. 그러나 기계가 사람의 일을 대신하면서부터는 철 헤아리는 것을 잊게 되고 하늘 올려다보는 일이 드물어졌다. 그렇다고 하여 우리의 DNA에 새겨진 누천년 동안의 몸의 기억들까지 기계의 발달사만큼 짧은 시간 사이에서 잊혀진 것일까? 나는 지금도 집 주변에서 멧비둘기들의 소란스레 꾸국 대는 소리와 산 가득히 뻐꾸기 소리가 들려오면, 그리고 시큼한 갈꽃의 냄새가 풍겨오면 직감적으로 보리 벨 때가 되었음을 느끼게 된다. 특히 이렇게 장마의 전조처럼 비가 내리면 마치 몽유병에 걸린 사람처럼 되어 여기저기 보리 짚 태우는 연기 가득한 옛날의 들판으로 달려가곤 하는데—그러나 생각과는 달리 결코 옛날로 돌아갈 수는 없는 것이라 마루에 기대앉아 쓰는 시는 쓸쓸한 감상으로 흐르고 독약처럼 막걸리 생각만 남았다.

시로 쓴 농사 일기 14
—파종

꿩 비둘기 때문에
여름 끌들을 바로 밭에 심지 못하고
마당에서 우선 포트 모로 기르기로 했다
128 구멍짜리 포트 한 판에
상토를 반쯤 채우고
콩씨 콩씨 콩씨 콩씨 콩씨 콩씨 콩씨
스무 판을 박았다
그만해도 되겠다는 아내를 설득해
심고 남아야지 모자라면 쓰겠냐고
콩씨 콩씨 콩씨 콩씨 콩씨
다시 열 판을 더 박았다
콩만 먹고 살 수 있나
팥씨 팥씨 팥씨 팥씨 팥씨도 박고
녹두씨 녹두씨 녹두씨도 박고
깨씨 깨씨 깨씨 깨씨 깨씨도 박고
그러고 보니 아내 이 씨도 박고 박고 박고
남편 박 씨도 박고 박고 박고 또 박고
평생 땅에 자신들을 끌박으며 살았던 거라

일기_

농부는 땅에 세 알의 씨앗을 묻는다. 한 톨은 새에게 주고 한 톨은 벌레에게 주고 나머지 한 톨은 자기가 먹기 위해서이다. 여기에는 종교적 영성과 신화적 낭만이 그득하여 사람도 자연의 일부임을 스스로 증거한다. 지금은 고립과 경계, 배척과 죽임의 시대이다. 씨앗에 독극물을 적셔서 파종하고 싹이 나면 전기 울타리를 두른다. 이에 비하면 비록 눈속임이긴 하지만 허수아비를 세워두는 것은 눈물 나도록 인간적인 모습이다. 난생처음 트레이라고 하는, 모판처럼 생긴 포트에 씨앗들을 기르면서 여러 가지 생각을 하게 되었다. 농사꾼의 품위와 품성, 기술의 진보와 이용, 동물들과 공존 공생 따위.

평생 농사를 짓고 살았다는 것은 늘 이런 것들에서 비켜 갈 수 없는 것이며 어떤 대답을 요구한다.

시로 쓴 농사 일기 15
─가뭄

감자밭은 어머니를 닮았습니다
삼사월 긴긴 해를 지날수록
무성한 잎은 허기처럼 밭을 덮었으나
가뭄은 손등처럼 두둑에
쩍쩍 갈라진 금을 파놓았습니다
빠지직빠지직
오랫동안 타는 땀방울이
갈라진 금 위에 떨어졌지만
무성하던 잎은 벌써 하얗게 세는 머리카락입니다

어머니가 보고 싶어
가만가만 금을 허물자
남의 제사에 가서 얻은 떡 한 조각
치맛귀에 감추어 오신 것처럼
아나!
아직도 조그만 감자 세 알로 계셨습니다

일기_

　유월도 어느새 하지를 넘어 장마라고는 해도 비다운 비가 온지 오래되었다. 그래서인지 일찌감치 감자 순이 하얗게 시들고 물기 없는 두둑에 메마른 금이 갔다. 하루하루 그 모습을 바라보는데 이상하게도 어머니의 모습이 겹친다. 그것은 결국 감자밭처럼 메말라 가는 지금 나의 모습이 오래전에 돌아가신 어머니에게 투사된 것이리라. 나는 칠 남매의 막내로 태어나 어머니 돌아가실 때까지 한집에 모시고 살았는데 나이 먹을수록 어머니 아버지가 보고 싶다.

시로 쓴 농사 일기 16
―이사

일 년에 한 번은 꼭

이사 가는 것을 본다

새집이 어디일까

토방 아래를 지나가는

고물고물한 개미 떼를 따라가 봤더니

굴뚝을 에돌고 모퉁아리를 지나

담장 밖으로 이어진다

그 집에서 수리한다고 나가라고 하냐 아빠 차라리 옥탑이 나을 것 같아 전세금도 싸고 여름엔 덥고 겨울엔 더 추워서 안 된다 그래도 지금 전세금으론 옥탑밖에 없는 걸 방바닥에 물 흐르고 곰팡이 피는 반지하보단 낫겠지 여기저기 잘 알아보거라 하지만 참 걱정이구나

나와 딸처럼

개미들도 이런 말을 하면서 가는 걸까

돌 틈으로

풀 바다로

가다 멈추고 가다 멈추고

이제 점점이 보이지도 않는다

일기_

사천만 원짜리 옥탑방에서 내려와 사천삼백만 원짜리 반지
하에서 4년째 살고 있는 서울 딸애가 다시 이사를 해야 하게 생
겼다. 근처 동네에서 지금 살고 있는 것만 한 것을 얻으려면 오
천만 원은 주어야 한다니 수리를 핑계로 나가라고 하는 집주인
을 나쁘다고 할 수도 없겠다. 바쁜 시간 쪼개서 방을 보러 다니
는 일, 이삿짐을 옮기는 일이 다 힘들겠지만 부족한 돈 마련 걱
정만 아니라면 무슨 큰일이랴, 아르바이트로 견디는 딸의 형
편이 너무도 뻔한 것이라 여기저기 끌어 맞추어야 할 일은 오
로지 아비 몫인 듯하다. 하지만 계약기간이 아직 몇 달 남은 것
만을 다행으로 여길 뿐 무엇을 어떻게 해야 될지 딱히 방법이
없는데 장맛비는 내일부터 쏟아진다. 사람살이처럼 미물들
도 걱정은 마찬가지일까? 이사하는 개미의 행렬이 있어 남 보
기에는 하릴없는 듯이 따라가 보았다.

시로 쓴 농사 일기 17
—깨 농사

아들놈의 땀 찬 옷가지를 빠는 것은
참 즐거웁다
몽고반점만 한 싹이었을 때는 이쁘기만 하더니
어느새 이파리가 너벅너벅 자라
푸른 윗옷에선 사내 냄새가 난다
비바람 몰아칠 때마다 유난히 마음 쓰이는 것은
빨리 커갈수록 쉽게 쓰러지기 때문이다
그러나 이제 휘청휘청
밭에서 하얗게 쓰러지려는 것은 나고
푸른 삼대같이 거뭇거뭇
수염이 자라고 여드름 노랗다
세월 가는 것을 어찌 잊으랴마는
하루가 다르게 영글어가는 이것은
쇠락이 아니고 절정인 것이라
땡볕에 조금 더 놔둬야 되지 않겠느냐

나는 아내와 만나 새끼 넷을 낳았지만
농사를 지어서 거둘 때는 늘
슬픈 생각이 앞섰다

일기_

　예부터 흔히 말하기를 자식 농사나 곡식 농사나 마찬가지라고들 한다. 싹을 내서 어린 것을 기르고 가꾼다는 점에서는, 그리고 그 순환의 과정에 담겨 있는 여러 가지 의미들을 생각하면 당연히 맞는 말이겠다. 그러나 나는 아직 덜 살아봐서 그런지 곡식 농사는 쉽고 자식 농사는 어렵게만 느껴진다. 농사를 해마다 잘 지어서도 아니요 자식들이 못되어서도 아니다. 오히려 그 반대로 농사는 늘 실패하기 일쑤고 자식들은 크게 속 썩이는 일이 없다. 그럼에도 자식 농사가 곱곱절 어렵다고 생각되는 건 그것이 나로부터만 나와서 피붙이라고 일컫는 그 뗄 수 없는 관계의 항구성 때문일 게다. 사실 자식 농사란 짓는 게 아니고 내가 지어지는 것이라 생각된다. 새끼를 낳아서 핏덩이를 품에 안았을 때 스스로 핏덩이임을 자식이 알 리 없고 불면 날아갈세라 애지중지하는 것은 부모가 사랑을 배워가는 것임을 자식은 알 리 없다. 무슨 일에서나 늘 마음 조여 자식을 위해 삼가는 것만이 내 몸속에 옹이와 주름 같은 것으로 남아 아비임을 증거하고 규정할 뿐이다. 내 나이 얼마를 더 먹어야 농사 짓기도 이와 같다 할 것인지, 옛 어른들이 존경스럽다.

시로 쓴 농사 일기 18
—초복初伏

생각할수록 날개를 달고
날아오르네
통통하게 살진 그것,
푸드득거리는 날개를 잡고
모가지 홱 비틀어
털 뽑고 배 가르고
똥집은 기름소금에 소주 한 잔

인삼 서너 뿌리 넣고 고는 동안
창자도 손질해서 불에 구워라
버리기 아까웁다야
속 헛헛하구나, 장맛비 꿉꿉한 날에
며칠 땀깨나 쏟았더니
생각할수록 날개를 달고
날아오르네

날아오른 그것을 어찌할거나
냉장고의 달걀이라도 대신 서너 마리 잡아
프라이팬 모서리에 툭 쳐서 껍질 벗긴 후
지글지글 튀겨라

한 마리에 소주 한 글라스씩

알딸딸해서 이 생각 저 생각 다 없어지면

내일 더 속 헛헛할지언정

이것도 복달임 아니겠나

일기_

　삼복 중에 중복은 어중간해서인지 아니면 세 번 다하기 뭣해서인지 복달임을 잘 하지 않고 보통 초복과 말복에 많이들 한다. 초복달임은 아마도 더운 여름을 나기 위해 미리감치 몸을 다스려두는 것이겠고 말복엔 여름 견디느라 고생한 몸, 위로하자는 의미가 있지 싶다. 무엇이 됐든 간에 끼리끼리 모여서 하는 복달임은 재미지다. 그것이 비록 술 마시고 놀기 위해 핑계 대는 것일지라도 여름에 한두 번 닭 잡고 개 잡아서 시원한 나무 밑이나 물가를 찾는 것은 우리 서민들 문화의 고유성으로 자리 잡았다. 그러나 언제부턴가 이런 모습이 사라졌다. 유명한 삼계탕집 앞에 한 시간 줄을 섰네 어쩌네 하는 TV의 뉴스는 있어도 시골의 그것은 눈 씻고 보려도 없다. 시골에 그럴 만한 사람들이 없는 것이다. 비단 복날 풍습뿐이겠는가마는 농촌의 문화가 이런 식으로 사라지고 나면 그 자리에 무엇이 비집고 들어오는가는 보지 않아도 뻔한 일이다. 한 시대를 지탱했던 농적農的 가치와 규범이 사라지는 것은 자본주의 발달 과정에서 필연적으로 나타날 수밖에 없는 것이라 해도 몇십 년 시골에 붙박여 살면서 그것을 지켜보기란 괴로운 일이다. 하여 호미 자루를 놓고 몸(속)이 헛헛하다기보다는 마음(속)이 더 헛헛해서 자해自害인 줄 알면서도 혼자 독한 소주나 들이부어 보는 것이다.

시로 쓴 농사 일기 19
—환상통

심지 않은 고추가 내 몸뚱이에는 심겼나 보다
일도 하지 않는데
허리가 왜 이렇게 아프다냐 생각해 보니
아하! 고추밭 줄을 치느라 이러는구나
손끝이 왜 이리 아프다냐 생각해 보니
아하! 고추밭 고랑에 풀을 매는구나
입안은 왜 이렇게 얼얼타냐 생각해 보니
아하! 풋고추 따서 된장에 찍었구나
덥지도 않은데 왜 이리 땀난다냐 생각해 보니
아하! 시방은 땡볕에 고추를 따는구나, 이 고추
따설랑 장마에 골리며 말리며 병든 것 버리고 포대에
담으니 서른 근! 왜 이리 허망타냐 생각해 보니 니미럴,
이제는 더 이상 딸 것도 없었던가 보더라 하여
몇십 년 지은 농사 포기했어도 아아—
지문처럼 새겨져 버린 내 몸의 고추 농사여

일기_

4월 초 무렵부터 비닐 터널을 씌워 심은 고추들은 벌써 붉게 익어서 첫물을 따고 두 물째 따는 중인갑다. 첫물 고추는 딸 것이 적지만 두 물부터는 양이 많아서 웬만큼 고추 농사를 하는 사람들은 며칠씩 따기도 한다. 고추 농사가 힘들다고 하는 것은 병충해 방제도 방제지만 꼭 여름의 한중간에 땀 뻘뻘 흘려가며 따고 말려야 하기 때문이다. 그런데 이 고추 따는 것을 좋아하는 사람들이 있단다. 아주머니들끼리 하는 말을 듣자 하니 우리 동네 어떤 분은 붉게 익은 커다란 고추를 따는 일이 재미져서 남의 고추를 따러 가도 제일로 많이 익은 골을 골라잡는다고 한다. 혹 다른 분들도 그러는가 궁금하여 고추 따는 아주머니들을 만나면 물어보곤 했는데 생각 외로 그런 분들이 많았다. 남의 고추까지는 아니더라도 자기 농사 잘 지어서 또옥 똑 따는 일이란 오지기도 하겠다. 남자들도 밭에서 그런 재미 가질 일 좀 없나? 고추 농사를 하지 않아서 허전한 마음에도 잠깐 입꼬리가 배시시 올라간다.

시로 쓴 농사 일기 20
―냉면

여름이 참 질기다

젓고
또 저어도
가마솥 속처럼

한 덩어리진 더위가
녹지 않는다

계절이 다 가기 전

코 허리 시큰
눈물 쏙 빠지는

이야기를 듣고만 싶다

일기_

볼일이 있어 차를 몰고 읍에 가는데 덥고 시장한 탓인지 냉면 생각이 간절했다. 시원하고 달큰하고 부드럽고 새콤하고 톡 쏘는 그것은 순식간에 나를 사로잡아 차 안에 가득 찬다. 그러나 집에서 일하고 있을 아내가 떠오른다. 그도 나만큼이나 좋아하는데…… 결국 먹지 못하고 차 안에 있는 뜨뜻한 물병으로 대신했다. 그러고 보니 작년에도 한 번을 못 먹은 것 같다. 면발만큼이나 냉면에 대한 질긴 애정과 안타까움이 더위와 한 덩어리가 되어 이런 시가 되었다.

시로 쓴 농사 일기 21
―몸살

지은 지 오십팔 년이 된 낡은 건물에

어젯밤 불이 났다

모두 다 TV에 열심인 10시

불은 발바닥 층에서부터 시작해서

스멀스멀 무릎 층 허리 층 어깨 층으로

팔뚝으로 손가락 발가락 층으로 번졌다

이불이 활활 타올랐다면 119 소방대가 왔겠지만

웬일인지 뭉클뭉클 검은 연기를 안으로 쏟아내며

층과 층 사이를 발화 직전 온도까지만 몰고 가는 것이다

가지고 있는 소방 기구래야 기껏

파스와 스프레이 소화기

견딜 수 없는 건물 관리인이

옆 건물 관리인에게 도움을 청해 보지만

그 건물도 지은 지 오십칠 년이나 돼 저녁마다 비상이라지

서로 각 층을 정신없이 오르내리다가

진정이 된 새벽녘 한숨 눈을 붙였는데

낡은 건물은 어젯밤 흠씬, 퍼 나른 물에 젖어

창문이란 창문은 죄다 너벅너벅 콩잎을 피워 냈다지

일기_

 장마가 아직 물러가지 않아서인지 구름이 오락가락하고 날
이 무덥다. 관절이 좋지 않은 탓에 이런 날이 이어지면 가뜩이
나 몸이 무거운데 조금이라도 일이 힘들었다 싶은 날은 뼈마
디가 아려서 밤에 잠을 잘 수 없다. 피곤하긴 마찬가지인 안식
구에게 주무르라기도 미안하면 파스를 찾아 붙여 보지만 그게
잦다 보니 살갗이 무르기도 한다. 이렇게 몸을 힘들게 하면서
까지 너벅너벅 곡식 잘 자라기만 바라는 것이 농부의 마음인
가? 결과보다는 과정이라고 늘 스스로를 위안하면서 득실 따
지지 않는 것이 지금껏 내가 농사를 지으며 버텨온 방식이었
지만 이것은 마치 '퍼진 농심 라면 발' 같은 것이라 항상 만만하게
농정農政이라는 이름으로 있는 사람들의 개밥이 되어왔을 뿐이
다. 한갓 몸살을 이야기하면서 내가 너무 과한가?

시로 쓴 농사 일기 22
—중복

오뉴월 쇠불알처럼 어쩐다더니

하루 종일

내 거시기도 늘어졌다

제 세상인 양

모든 것이 빳빳해지는 새벽 다섯 시,

하지만 내 자존심은 세울 새도 없이

콩밭으로 내달았다가

해님의 자존심에 풀이 죽어서

축 늘어져서 구부려져서

기어 들어온다 기어 들어와

씻고 늦은 아침이나마 자알 잡숴도 서지 않고

시원하게 내놓고 앉아있어도

사타구니에 사린다

하루에 두 번 세 번씩

마누라쟁이가 눈앞에서

물방울 뚝뚝 돋는 인어가 되어

화장실 거실을 헤엄쳐 다녀도

일기_

더위가 하도 극성을 부려 하루의 대부분을 집 안에서 보낸다. 거실 한가운데 벌렁 누워 신문을 펼쳐 들거나 책을 읽거나 생각나면 간간 글을 쓰기도 한다. 물론 속옷 차림이지만 너무도 헐렁하여 거시기는 개방 상태다. 그러나 너무 더워서인지 너무 구속되지 않아서인지(!) 이놈이 용트림 한번을 하지 않는다. 걱정되어 가끔씩 옆에서 부추겨봐도 대가리를 톡톡 쳐서 화를 돋구어 봐도 처량할 정도로 늘어졌다. 제에미―밥값도 못하고 이 무슨 허송세월이람! 몇 년 전부터 지역사회에서 뭔가 재미있고 의미있는 일 하나 만들어보려고 고민해 왔는데 지지부진 답이 보이지 않는 것도 내 거시기와 꼭 닮은 꼴이다. 저녁 때는 어디 외출이라도 하여 보리라.

시로 쓴 농사 일기 23
—호미 말

드윽 드윽 드윽 드윽 이렇게 매는 것은
가려운 데 긁는 것처럼 시원하란 것이겠고
코옥 코옥 코옥 코옥 이렇게 매면
쑤시는 데 주무른 것처럼 거뜬하란 것이렷다!
득득득 득득득 득득
징하게 풀들이 많다는 뜻이겠고
콕콕콕 콕콕콕 콕콕
부지런 부지런 매자는 뜻이겠다
득득 드윽득 득득 드윽득
날은 뜨겁고 몸에 땀 나고
드윽 득득 드윽 득득
허리 아파 못 매겠다
콕콕 콕 콕콕콕콕콕
벌써 또 술 생각나지?
득득 득득득득 득득
그걸 말이라고 하냐, 마누라야
좀 참아봐 이따가 먹고 콕콕,
그럼 노래라도 한 곡조 해라 뜩!

득드르 득드르 콕콕 이렇게 매는 건

무릎 아프니 일어서 잠깐 블루스를 밟자는 것이고
뜩 뜨득 뜩 뜨득 이렇게 매면
그늘에 앉아 좀 쉬기라도 하자는 것인데
콕콕콕 콕콕콕 듣는지 마는지
콕콕콕콕 콕콕콕콕 마누라는 요지부동
그렇다면 좋다 오늘 밤
득득득 콕콕콕 좌삼삼 우삼삼
콕콕콕 득득득 우삼삼 좌삼삼
국물 젓국도 없다 뜩!
어림 반 푼어치도 없으렷다 뜩!
하이고, 또 저놈의 새똥 빠지는 소리 콕!

일기_
밭매다가 심심하니 참 별 지랄을 다 한다. 쯧!

시로 쓴 농사 일기 24
―허기

아삭아삭
새곰새곰
잘 익은 열무 물김치처럼 시원시원한 시골 처녀와

삼삼하고 구수하게
밥솥에 쪄낸 강된장과
그 된장 투가리처럼 걱실걱실한 오라비 총각이

보리가 반 남아 섞인
고실한 반식기 같이 머리 희끗한
홀로된 어머니와 정답게 사는 여름밤 멍석 밥상의 이야
기를

듣지 못한 지가 그 얼마나 오래이던가

일기_

모처럼 볼일이 있어서 서울을 갔더니 아는 선생님 한 분이 점심을 먹자며 보리밥집으로 날 끌었다. 시골에서 올라왔으니 고깃집 같은 곳으로 가잘 법 하지만 그 선생님이 건강을 이유로 육식은 피하는 까닭이었다. 나 또한 건강을 이유 삼지 않더라도 고기를 즐기지 않는 사람이라 마다할 일 없다. 오히려 여름 한동안은 계절을 타는 탓에 입맛을 잃어서 무엇을 앞에 가져다 놓아도 선뜻 손이 가지 않았던 때였는데 그것 참! 난생 처음 서울의 보리밥이라니—맛이 있었다. 참으로 오랜만에 절묘하다고밖에 달리 말할 도리 없는, 열무 물김치는 일품이었고 강된장도 못지않았다. 마치 오랫동안 잊었던 맛의 시원, 그 원형질을 찾은 듯해서 눈물 나오려는 것을 꾹꾹 눌러 함께 삼켜야 했으니 말이다. 보리밥 한 그릇 먹자고 그 넓은 홀을 가득 메운 사람들도 나처럼 그랬을 것인가? 시골 냄새 나는 음식을 서울에 와서 감동적으로 맛보게 된 이것은 한편으로는 내게 잃어버렸던 이야기의 한 끝자락을 붙들게 만드는, 깊디깊은 허기를 안겨 주었다.

시로 쓴 농사 일기 25
—거꾸로 처박다

나는 가끔
세상을 거꾸로 본다
어느 날 콩밭을 매다가
하 허리가 아파 일어서 잠깐
등을 두드리며 허리를 구부렸는데
가랑이 사이로 고개를 처박고 보는 세상은
너무도 아름다웠다
마치 마네의 수련 연작처럼
알프스산맥의 고원지대처럼
푸른 하늘은 그대로 호수가 되고
콩밭이랑 감나무랑 저 멀리 우리 집이랑은
한 덩어리 호수에 비치는 풍경이 되어
이국적 모습으로 보이는 것이었다
카메라를 돌리듯 나는 빙빙 방향을 바꿔
사방을 두세 바퀴 돌려 보다가
그만 엉덩방아를 찧고야 말았지만
그 뒤부터는 거꾸로 보는 버릇이 생겼다
이제는 허리 아파서가 아니라
세상살이가 무언가 답답할 때면
가랑이 사이로 고개를 처박는 것이다

그럴 때마다 세상은 지극히 정상이다
최고 부자들의 숫자만큼만 가난한 사람이 있는 나라
고공 농성하는 사람 대신
모두 다 같이 고공 농성하는 나라
원전이 없어져서 밀양 송전탑이 필요 없고
강정 해군기지는 평화박물관이 된다
국정원은 국민이 감시할 수 있어야 하고
그리고 저 세월호 참사는 안타깝지만
그걸 일으킨 사람들이 학생들을 구해 내고 대신
아직 배 속에 있는 것이다
그러다가 다시 고개를 들면
보험회사의 TV 선전처럼 세상은 빙글 돌아
웃고 있다
보험이라도 들지 않으면 살 수 없을 거라고
복권이라도 사지 않으면 못 배겨난다고
조롱하듯 웃고 있다
이 웃기는 세상에 나는 오늘도 고개를 처박는데
그리고 보면 진실은 처음부터
중력을 거스르고 허공에 매달려 있거나
지상이 아닌 물속에 잠겨있는 것인가 보다

일기_

지금은 나오지 않더라마는 가방 들고 양복 입고 길을 건너려는 사람 앞의 도로 절반이 뚝 잘라져 빙글 돌아 다른 세상을 보여 주는 어느 보험회사의 광고가 있었다. 대부분의 광고를 불쾌하게 여기고 그중에서도 사람 바보 취급하는 공익광고라는 것을 더 싫어하는 것은 내 개인의 취향이지만 불쾌감도 때로 이렇게 시의 질료가 될 때가 있다.

시로 쓴 농사 일기 26
―무심한 듯이

그는 오늘도
혼자 밭을 매고 있다
한여름 뙤약볕 속
벌써 한 달이 가까워 온다
햇빛을 등지고 앉아 호미질을 하다가
무심히 앞을 바라보면
콩 이파리들만 심심한 듯 그를 쳐다보고
입추立秋 근처에선
매미들만 아랑곳없이 요란하다

친구들은 모두 도시에 산다
사장이 된 사람 주방장이 된 사람
기술자가 된 사람 박사가 된 사람
하루하루 품팔이 노동자도 있고
집사와 장로, 조기 축구회 회장도 있다
병실에 앓아 누워있는 친구도 있지만
시골에 남아 농사를 짓는 건 그 혼자다

소나기가 내렸으면 좋겠다
어차피 옷이야 땀으로 젖었으니

밀짚모자도 벗어버리고
콩 이파리들이 너울대는 소나기 속에
앉아있고 싶다, 하지만 늘 그렇듯
찌는 듯한 더위 속 이 땅의 세례를
싫어하지도 피해 본 적 없다
있다가 산그늘이 내리면
산이 시원한 바람을 보내주기 마련이고
금세 너울너울 하루해가 저물기 때문이다

때로 조금은 서글펐다
뙤약볕 속에, 축축 처지는 콩 이파리들 속에
오십팔 년을
그중의 일 년을
또 그중의 한 해 여름을
무연하게 견디는 것이 그의 버릇이긴 해도
마냥 이렇게만 있어야 하는가?

달이 밝은 날은 달빛 속에서
혼자서 있었던 때가 많았다
그럴 때마다

그럴 때마다

그가 없으면 저 콩들이 외로울 거라 생각했다

몇십 년이 지나도 차마 어쩌지 못해

이렇게 무심한 듯이 바라보는 것이다

일기_

　해마다 콩밭 매는 것은 나한테 주어진 순례 같은 과정이다. 조금조금씩 있는 다른 작물의 김매기는 아내와 함께하면 일찌감치 끝이 나는데 그러는 사이 콩밭은 산같이 풀이 자라고 날은 말할 수 없이 더워진다. 김을 매려고 콩밭에 앉으면 삼십 분이 채 지나지 않아서 땀으로 물에 빠진 생쥐 꼴이 되고 숨은 턱까지 차오른다. 차마 아내에게 함께 매자고 할 수 없다. 산속이라 그런지 모기는 또 얼마나 극성을 부리는지! 그러나 이것도 고행인 듯 참선인 듯 땅에 무릎을 꿇고 몸을 던져 한 발 한 발 매가다 보면 땀과 눈물과 고통이 어느 임계점에 다다른 순간 역설적이게도 희열로 바뀌는 것이다. 땀을 흘려도 덥지 않고 손톱이 닳아도 아픔을 모르고 정신은 하얗다 못해 투명해진다. 그 지점에서 항상 시를 얻었다. 결국 내 농사라는 것은 올해도 이렇게 시 농사일 뿐 농사 그 자체는 참으로 보잘것없다. 차마 어쩌지 못하는 이 농사가, 이 땅이, 결국은 내 마음 공부의, 시 공부의 순례지가 되어있을 줄은 몰랐다.

시로 쓴 농사 일기 27
―대지의 몸

사내의 엉덩이가
이제 조금 펑퍼짐해졌다
단단했던 젊은 날의 그것이
호미 들고 밭고랑을 기는 동안
이슬에 적시고 소나기를 맞고
바람에 깎이고 햇볕에 삭아서
거름 더미의 흙처럼 낮아졌다

손도 조금 길어졌다
호미를 잡던 손이 낫을 잡고
낫을 잡던 손이 괭이를 잡다가
다시 호미를 잡는 몇십 년 동안
그의 손은 단단하게 뭉툭해졌다가
그의 손은 한 마디씩 뻗어나가는
바랭이 풀을 잡으려는 듯 길어졌다

이런 것을 원했었다
콩과 깨들이 자라나는 것을
가장 가까이서 볼 수 있는 엉덩이와
손이 수고한 다음의 땅의 이야기를

들을 수 있게끔 귀가 커지는 것을
그리하여 어머니 대지의 몸처럼
엉덩이와 손과 귀만 있어야 되는 것을

일기_

　내가 참 어렸을 때 같이 밭을 매시던 어머니 친구 분 중에는
'세상천지'라는 별명을 가진 분이 계셨다. 술을 잘 자시고 넉살
이 좋으셨는데 말끝마다 '세상천지 관세음보살'을 달고 살아서
다. 밭을 매실 때 오줌이 마려우면 어머니를 쫓아 밭까지 달려
온 나 같은 꼬맹이는 안중에도 없는 듯 그 누렇고 펑퍼짐해서
꼭 늙은 호박같이 풍만한 엉덩이를 내놓고 그 자리에서 오줌을
누셨는데 나는 그때 그 엉덩이가 꼭 땅과 같다고 생각했었다.
그리고 그 생각은 오십 년도 훨씬 지난 지금 밭을 매느라 땅에
서 뭉그적거리는 내 엉덩이와 정확하게 겹쳐졌다. 땅 위에서
옛사람과 지금의 내가 이렇게 연대해 있는 것을 농사 아니라면
무엇으로 설명하리.

시로 쓴 농사 일기 28
―뭐냐

그가 이상하다

한 달 가까이 뙤약볕 아래서 김을 맸는데

끝나는 것을 몹시 서운해하기나 하는 듯

하루 일거리나 됨직한 것을 두고

조금씩 조금씩 야금야금

맛난 것 아끼듯 아끼는 것은 뭐냐

계약직 일자리가 끝나기라도 하는 것처럼

가는 시간을 붙잡고 있기라도 하는 것처럼

콩 포기를 쓰다듬고 어루는 것은 뭐냐

입추立秋라지만 숙지지 않은 더위 아래

멍 때리듯 먼 산을 바라보면서

앓아누운 깨복쟁이 친구를 떠올리고는

삼백예순날을 제 땅 위에서

일할 수만 있는 것도 다행이라고

삼매에라도 들었던 거냐

부처님 예수님이 콩밭에 있다고 말할 건 또 뭐냐

일기_

오뉴월 화톳불도 쬐다 말면 섭섭다는데 내가 꼭 그 짝 났다. 여름내 호미 들고 땅을 기었으니 지겨웠을 법도 한데 피하지 못할 것이라 그랬는지 즐긴 꼴이 되었다. 아니 즐기다 못해 한 몸이 되어서 이제는 마치 어머니의 치맛귀를 놓지 못하는 어린 아이처럼 콩밭을 떠나지 못한다. 여름이 지나고 나면 나는 아마 조금 바보가 되어있을 것 같다.

제3부 가을

시로 쓴 농사 일기 29
—너 미쳤냐

바치긴 했다
오팔 년 개띠 쉰여덟 나쎄에
콩밭이 하나님이기라도 한 양
한여름
그 땀의 바다를 통성기도 하며
건너기야 했다마는
그렇다고 그렇게 더위 먹은 듯
한 고랑 맬 때마다 한 잔씩 들이킨

그놈의 술잔을 또 붙잡고 시방

눈물이라도 글썽거리려는 거냐
날마다 세상 돌아가는 일에
주먹질도 그만 좀 하고
말이 좋아 워킹홀리데이지
남의 나라로 품팔이 간 딸들도
이제 돌아온다니 너도
딸들 보기 부끄럽지는 않지 않느냐

벌써 시원한 처서가 낼모레다
포트에 배추 종자 넣고 거름 넣고
밭 갈아놓자 잉?

일기_

세월 참 빠르다. 가마솥 속 같기만 하던 여름도 왜 그리 빨리 가는지, 호미 들고 밭고랑 어정거린 것밖에 없는데 그새 여름 이 가버리면 어쩌라는 것인지, 여름지기 농사의 풍흉을 가늠해 볼 새도 없이 때가 되었으니 또 버릇처럼 가을 농사 채비를 해 야 한다. 일 년이 한 철 같고 한 철이 한 달, 한 달이 한 주나 하 루처럼 번듯 간다고 느낀 것은 어제 오늘이 아니지만 순환하는 계절의 수레바퀴를 어느 농부가 있어 멈추게 할 것인가? 톱니 처럼 몸은 마모될망정 그러나 기계 농부는 되지 말아야지……

시로 쓴 농사 일기 30
—야한 가을

이것은 그냥
온몸으로 맞아야 하는 거
아녀?
징글징글한 여름이
끈적끈적 달라붙는 게
경험해 봤지?
죽어도 싫다는 남자가
죽어도 떨어지기 싫다고
낮이나 밤이나
척척 들러붙는 거,
그런데 어느 날
꼭 도둑놈같이만 오더라
저녁 먹고 잠깐
바람 쐬러 나갔었는데
백마 탄 남자가 글쎄
저 하늬 방향에서 말야
어떻게 오는지도 모르게
오는데 그게 그게 꼭
사타구니 속으로만
오더라니까 글쎄

그래서 나도 모르게
길에 서서 이렇게
큰대大자로 벌리고 있었지
늦도록 그러고 있었어

일기_

아 가을! 소리만 들어도 마음이 반쯤은 시원해지는 것 같
다. 이산화탄소 때문에 지구가 더워져서 기상관측 이래 가장
더운 여름이라고 하는데 더위가 아직 극성을 부리긴 해도 태양
의 경사각은 기울고 아침저녁으로 서늘한 기운이 온다. 반갑
다. 이제 좀 살 것 같고 무슨 일이든 고슬고슬하니 힘내서 할
것 같다. 그래서인지 장난기가 발동해 시는 좀 야하게 써졌다.

시로 쓴 농사 일기 31
—오이 1

사랑의 시간을 갖지 못할 것을 알면서도
넝쿨 마른손을 이제는
허공에 뻗어보는 것이냐
메마른 마음만큼이나 날은 가물어도
결코 포기할 수 없는 욕망이 잎겨드랑이마다
꺼칠한 가시를 달고 자라는구나
노오란 네 꽃들이 한때는
식지 않는 꿈의 징표라도 되는 양
아침저녁으로 쭉쭉 사랑을 키워왔지만
물 좋고 싱싱한 것이라도 지금은
여간해서 팔 수 없단다, 하물며
구부러진 소나무 선산 지킨다지만
마지막까지 이 땅 이 쭐거리에 매달린
못난 너를 누가 거들떠보겠느냐, 너무나도 너는
농촌 총각과 닮았다.

일기_

TV를 보던 아내가 무슨 생각을 했는지 밖에 나가거든 오이 스무 개만 사 오란다. 무얼 하려는지는 모르지만 순이 늙어서 어쩌다 한두 개 열리다 말다 하는 우리 것으로는 안 되겠던 모양이다. 그러나 외출했다 돌아올 때마다 잊어먹고 지청구를 먹은 다음 어느 날 마트에 들렀는데 가격표도 보지 않고 오이 스무 개를 계산대 위에 올려놨다가 나도 모르게 화들짝 놀라고 말았다. 오이 하나가 무려 1,040원, 정 모자란다고 하면 다음에 또 사다 줄 요량으로 직원에게 양해를 구하고 열 개만 사서 집에 왔다. 반기는 낯빛도 잠시, 사 오랄 때는 언제고 이제는 비싸면 사지 말지 뭐 하러 사 왔냐고 되레 또 난리다. 우리도 같은 농사꾼인디 비싸면 비싼 대로 먹어야지 어쩌겠어, 말은 이렇게 했어도 나는 나대로 속이 상해서 오이 심어진 텃밭으로 나갔다.

시로 쓴 농사 일기 32
—오이 2

결국 노각이 되었다.
(요즈음은 줄임말이 유행이더라만)
아무도 눈여겨보지 않는 사이
못났지만 싱싱했던 것들이
누렇게 되어버렸다.
높은 사다리에서 떨어지듯
허공을 휘젓다가
땅에 깔려 버린 넝쿨들을 들춰보면
결코 포기할 수 없는 마음이 잉태한,
미처 따지 못한 안타까움은 후회로 변하지만
우리의 관심은 시간 밖에서
늘 형해形骸만 남기는 것

여기저기 모두 다 누우런 노총각이다.

일기_

무더위나 물난리 이런 이유 때문에 오이가 올해처럼 비쌀 때를 빼면 접당 2~3만 원이나 3~4만 원 하기 일쑤라 그때는 쭉쭉 빠진 상품이 아니면 누가 거들떠보지도 않는다. 오이값이 쌀수록 노각이 많이 생기기 마련이다. 행여 시세 맞으면 가을에 노각도 다 팔 수 있기는 하나 그 또한 여기저기 구르고 발길에 차이기 쉽다. 그런데 지금은 아예 처음부터 노각용으로 재배할 수 있는 종자가 있단다. 물론 청장마디오이라고 하는 것은 노각이 되지 않는 오이이니 말할 것 없고 백다다기오이라는 옛날 조선오이가 노각이 되는 건데 이것 말고 종자가 따로 개량되어 있다면 거참 다른 오이들은 노각 되기도 쉬운 일이 아니겠다.

시로 쓴 농사 일기 33
—오이 3

이것들을 다 어디다 쓴다지?

처음에는 봉퉁아리진 병신들이었는데
나이 먹을수록
어느 한군데도 모난 곳이 없어져
누우렇게 풍만하기만 하다
하여 야들은
땅에 비비며 견딘 세월만큼이나
시들거나 썩지 않는다, 그러므로
네 정신만큼 날카롭게 벼린 칼로 그를 상대하라
곯다 못해 새로 새살이 돋은 그
눈 같은 속을 네게는 보여 줄 것이다.
그것으로 냉국을 타
이 가을 아무것도 거둘 것 없는 사람들에게
한 사발씩 돌리거나
그와 같이 남 보이지 않는 뒤란에 숨어
염천 여름을 견디며 생사를 넘나든
포옥 곰삭은 된장에 박아
한철 궁합을 맞추면

그제는 서로 내손질[*] 난다.

일기_

　우리 집안도 예외가 아니어서 장가 못 간, 마흔을 훌쩍 넘긴, 농사짓는 조카가 한동네 산다. 서울에서 공부도 할 만큼은 하다가 그 뭣이다냐 쩐도 없고 빽도 없어서 눈물을 삼키며 낙향할 수밖에 없었던 아이인데 농사도 지가 전공했던 '철학'적으로다가 짓는다. 아니 좀 더 정확하게 이야기하면 내가 농사 지으면서 데리고 씨월댔던 그 비슷한 방식으로 지으니 기계 덜 쓰고 약 덜 쓰고 하는, 이름하여 '조만간 거덜 날' 농법이다. 거기에 나는 가지지 못한 그 성정이라는 게 어찌나 바르고 곧은지 옆에서 지켜보기 안타깝고 위태하다. 그러니 또 한편 세상을 잘 모른다. 이 시는 전적으로 그 아이가 써준 셈이다.

---

* 내손질: 물건이나 음식을 서로 가져가기 위해서 다투어 손을 내미는 모습.

시로 쓴 농사 일기 34
—빨래

하루 두 번씩 갈아입어야 하는 일복

빨래가 귀찮은 그는 속옷을 입지 않는다

웬만하면 아침나절에 입던 땀 찬 옷도

한낮 볕에 널었다가 그냥 입는다

그런 날 저녁나절 일은 코가 즐겁다

보송보송한 비누 냄새 대신

바삭바삭 짭조름한 땀 냄새가

더없이 향기롭기 때문이다

아주아주 가끔씩 살랑대는 바람이

훅훅 찌는 콩밭 고랑의 열기와 함께

목덜미 깃에 밴 땀 냄새를 코로 가져오면

마치 엄마 젖무덤을 찾는 아이처럼

그는 코를 벌름거리며 땀 냄새를 쫓는다

땀 냄새 속에는 많은 이야기가 있다

진하고 향기가 높을수록

삶이 고단하고 무겁고 깊어졌다는 것이고

깊어진 그것에는 취할 수밖에 없다

취한다는 것은 그가 지난날을 사랑한다는 것이다

남의 삶도 사랑할 만한 것인가를 그는

위험하지만 풍기는 냄새로 가늠하기도 한다

무슨 무슨 선거철이 되면 후보들은
저도 농민의 자식입니다 고개를 수그리더라
하지만 당선되면 땀 냄새를 싫어한다
그러므로 땀 냄새에는 생각할 게 많다
취하지 않으면 살 수 없는 세상, 살 수
없으니 취할 수밖에 없는 세상!
자기 생과 남의 삶을 사랑하지 않고서는
진정한 미움이란 것도 있을 수 없는 거다
갓 낚아 올린 물고기의 퍼덕거림처럼
그 미움도 날마다 날마다 싱싱해야 하는 거고

일기_
  나는 지금도 '빨래 끝–'이라고 했던 그 광고 카피는 참 좋다.
세상일이 날마다 빠는 빨래처럼만 깨끗해진다면 어찌 더럽혀
지는 것을 두려워하겠는가? 오히려 더럽혀져야 깨끗해지는 건
데 깨끗해질 일이 드무니 더럽혀진 이것은 시간이 갈수록 고약
한 냄새와 함께 위험한 생각을 가져온다. 그것은 땀 냄새처럼
고단하고 무겁고 깊어서 향기로운 것과는 다른 것이다.

시로 쓴 농사 일기 35
―고구마 1

조금 새큼하면서도 달보드레한
갈꽃의 냄새도 나느냐

동아줄만큼이나 억센 남정들이
갈*을 삶던 구릿빛 팔뚝이 근지러워
가마솥 마당에서 윷을 뿌리는 조금 때
한 잔 한 잔 마신 술이 괴춤 속에서
불뚝 불뚝 검붉게 익어가는데

이 여름이 지나면 바로
네 치마폭 같은 돛을 부풀려
추젓 잡으러 칠산으로 떠난단다
지난 가을 추젓 생각으로
고구마밭 매는 처자여

일기_

비교해 보면 부엌 칼자루만큼 굵고 기다란 하고 붉은 고구마
는 꼭 남정네의 그것을 닮았다. 그래서인지 이 고장의 속된 말
로 고구마를 땅좆이라고 했다. 칠산은 예부터 우리나라의 유
명한 조기 어장인데 왼쪽의 왕등도와 오른쪽의 군산열도가 변
산반도의 코앞에서 삼각으로 만나는 지점이다. 여름 지나고 찬
바람 나는 구월이면 줄포만은 칠산으로 추젓 잡으러 가는 황포
돛배들로 가득 차는데 돛줄을 당기고 키를 잡는 그 구릿빛 팔뚝
의 남정들과 그것을 보며 고구마 밭을 매던 누이들의, 혹은 아
짐씨들의 뜨거운 이야기들은 세월이 지났어도 전혀 빛을 잃지
않고 지금도 싱싱하기만 하다. 그러니 어찌 다 말로 읊을 것이
냐! 고구마 밭을 서성이며 옛 생각에 마음이 절로 흥겨워졌다.

• 갈: 학명이 굴피나무인 갈나무는 유월 달에 밤꽃처럼 생긴 꽃을 피
  워 달콤하고 새콤한 냄새를 풍긴다. 이 나무의 뿌리껍질을 삶는 물
  에 목 그물을 담그면 그물이 질겨지는데 이 고장에서는 조금 때마다
  하는 이것을 '갈한다'고 했다.

시로 쓴 농사 일기 36
―고구마 2

하현의 달만
창호 안을 훔치고

뒷산 엉 위에선
부우허어엉 웃는 갑다

밑이 드느라
두둑에 금이 쩍쩍 가는 새벽

아내는 몹시
고단한가 보다

일기_
　고구마밭 매기가 고단했던지 아내는 세상모르는데 철없는
남편은 전날 마신 술기운이 뻗쳐서인지 아니면 깬 잠이 다시 오
지 않아서인지 속옷에 쩍쩍 금이 가서 자꾸만 아내 옆을 비비댄
다. 모른 척하지 눈 밝다 아니할까 봐 늙은 부엉이가 울고 산속
이지만 달마저 아직 기울기 싫던지 밝기만 하구나!

시로 쓴 농사 일기 37
—고구마 3

왜 하필
고구마밭에서 쓰러졌는지 몰라

밤이었기 망정이지
흰 블라우스가 어찌 됐는지 몰라

고구마순 김치를 좋아하고
고구마순 나물을 좋아하고

몇십 년이 지나도 이것들은
퍼어런 물이 우러나온다

일기_

그 퍼어런 물은 세월이 가면 갈수록 더 퍼어래져서 하얀 블라우스가 이젠 푸른 블라우스가 되었다. 이러니 내가 어찌 고구마순 김치와 고구마순 나물을 싫어하랴, 해마다 빼지 않고 고구마 농사를 짓는 것도 거기에 젊은 날의 내가 있기 때문인데 그 가시내들은 시방 어디서 무슨 생각을 하면서 사는지 모르겠다.

바람 부는 날

은 이상하게도 화장실을
세 번이나 갔다, 집 뒤에 있는
대나무와 소나무 속에 있는,
작고 네모진 방에 턱을 괴고 앉는 것은
그 오랜 버릇이긴 하지만
그날따라 많이 흔들렸다, 전날
마신 술? 그랬으면 좋겠다만
이상하게도 수수가 흔들릴 때
그가 따라 흔들렸고 콩 이파리들이
나풀거릴 때도 같이 흔들렸다
찢어진 비닐 자락이 펄럭이는 소릴 낼 때,
아 – 지금은 마루 기둥에 걸어둔 갈대 비가
흔들리는데
쟤는 무얼 더 깨끗이 쓸고 싶어서일까
하고 같이 흔들리다가 그가, 아니 내가
그날, 아니 오늘 지금 화장실 문을 나서면서
문득 이런 생각을 했다, 내가 흔들릴 때
몹시도 안타까운 한 생각이 있어
턱을 괴고 앉아 골똘히 흔들렸을 때
그도 따라 그랬을까?

그럴 거야!

구름 쓸어 간 가을 하늘이 참 파랬다

추석 지난

이런 날이 좋더라,

명절도 가라앉을 것은 다 가라앉고
가을비 촉촉이 오다 말다 하는 날
나이 들수록 방 안에 있기 갑갑하여
우산도 없이 밭둑을 서성이다 보면
장마 견디고 땡볕 이겨낸 감들이 비로소
붉어진 얼굴을 부끄럼 없이 내놓고

원수야 악수야 낫날에 잘려 나간 풀들도
벨 테면 베보라지 금세 또 꽃 피고 씨를 맺는,

가을 가고 겨울이 낼모레여도 아랑곳없이
서두르다 게으르다 보채는 나를 웃으며
콩 이파리 콩 두고 미련 없이 땅에 떨어져
굼벵이 땅강아지 몸을 덮어주는,
까치 어치들 박새 참새들 못 본 척 조용한
가을비 오다 마다 한 조금 쓸쓸한 이런 날.

제4부 겨울

농부

그의 마음이 소처럼 순해지고
하루해가 저문다, 새참도 없이
능검쟁이 물달개비 우거진 무논을
장화 속에 땀이 질퍽대도록 휘메며
손가락 뻣뻣해질 때까지 걷어내
한나절이 가고
말벗도 없이
끊어져 버릴 듯한 허리나 동무 삼아 끌고 다니며
피와 나락도 분간하지 못했던 날들
뽑아내 무논 깊숙이 눌러 밟고
잠시 쌀값 걱정 잊기도 해보지만
구름장이 밀려가면 또 몰려오듯
고랑마다 이 걱정 저 생각 사라졌다 밀려오고
그것도 힘이었구나, 몸뚱이가
소처럼 고단해지고 나서야 비로소
하루해가 저문다 노을이 진다

피서지에서

그러므로 여기는 나의 오랜 피서지
어제 흘린 땀이 땅속에 스몄다가
새벽이슬로 되살아서 콩잎에 맺혀서는
금세 뜨거워져 버린 등을 적시는구나

그러므로 콩밭 고랑은 영원한 피서지
무릎걸음으로 이 터널을 지나갈 때
이슬은 땀과 함께 나를 다시 씻기우고
나는 그 세례수를 땅의 혈관에 꽂은 채 여름을 통과한다

때론 내 허리가 거기 누워 잠을 청하기도 하지
이것은 내 뜻이 아니지만
나는 그를 달래 한사코 서쪽으로 가야 한다
아주아주 가끔이긴 해도

허리는 깜박 꿈을 불러오고
꿈은 아버지 어머니를 불러오고
아버지 어머니는 아직도 콩밭을 맬 때
나는 이제 이마에 듬성듬성

반항처럼 여드름이 솟아오르는 아들놈처럼

바람에 살랑이는 콩잎이 푸른 파도를 일으키는

머언 바다에 나가 맘껏 헤엄을 친다

깊은 자맥질 끝에 나오는 한숨을 토하기도 해

지갑

나는 그것을 가두는 방법을 몰랐다
가두려야 가둘 것이 없었으므로
없었으므로 있지 않은 것이다
있지 않아서 늘 꾀죄죄했으므로
꾀죄죄함이 영원히 닳지 않은 나의 가죽 지갑이다

그것은 지갑이며 수갑인 것
항상 바지 오른쪽 주머니 속에
들어있는 동전 몇 개만이 절렁거리며
금속성 차가운 소리를 내
내 손을 묶어버리는 것이다

내 손을 묶고 있는 그것들이 어느 날
내 손을 빠져나가 끝도 없이
공중에 은빛 원반을 그리며 끝도 없이
끝도 없이 나를 향해 날아들다
저 행길 끝까지 반짝이며 깔렸는데
그것을 줍고 줍고 또 주워 주머니 터지게 집어넣자
어느 음식점 계산대에 나만 남아있던 것이다

이름하야 돈 꿈꾼 날은 재수 없는 날
그러나 이 나쎄에 재수는 무슨 얼어 죽을 놈의 재수
이제 막 이마에 여드름 돋기 시작하는 아들놈이
전날 밤 지갑 사달랬기에 잠자리에서
평생 지갑 없이 산 몰골을 생각했을 뿐이었겠다

세습

무릎에 살고 있는 이 통증을 데리고
어디든 멀리 여행을 떠나고 싶다
몽골의 초원으로 가 이히히힝 거침없이 말을 달리거나
히말라야의 설산 안나푸르나 같은 곳으로 떠나고 싶다

사실 난 아주 오래전부터
일하기보다는 여행하면서 살아야겠다고
한껏 폼 나게 꿈을 꿨는데 어찌어찌하다 보니
개뿔처럼 여행은 가당치도 않은 농사꾼,
그것도 아주 어정쩡한 농사꾼이 되었다
많지도 않은 땅덩어리 무슨 욕심도 없으면서
딴엔 열심이랍시고 무릎 꿇고 밭고랑 긴 세월,
통증이란 놈은 이런 사람의 무릎을 보면 옳다구나
관음보살이 손오공에게 씌웠던 것처럼 쇠테를 철커덕!
나는 그런 줄도 모르고 날마다 땅을 기며 스스로 긴고주
를 외우는데
주문의 효과는 흐린 날이거나 밤에 나타나는 것이다
처음에는 잽, 이건 바늘로 콕콕 쑤시는 것이고
다음엔 원투 스트레이트, 이건 망치로 두들기는 것,
그리고는 차례로 훅과 어퍼컷이 날아오면
무릎이 풍선처럼 부풀어 오르거나 짓이기는 듯 아리다
그러나 통증은 나의 전 존재를 기억하게 해서

총천연색 파노라마처럼 고통스러운 과거를 들추어낸다
그럴 때만이 나는 나를 안다. 내 몸 마디마디의 실체를.
묵묵히 견뎌줄 때는 그것이 내 몸인 줄도 몰랐는데
비명을 지를 때마다 너 거기 있었음을. 어둠 속에서
죽지 못해 살고 있었음을. 그렇게 끊어질 듯 가느다랗다가
화산과 같은 분노로 내장이 터진 듯 시뻘겋다가
시커멓다가 시퍼렇다가 회색빛이다가 새하얗다가
……잦아들 때
나도 모르게
설핏 노루잠 들었다가 꾼 잠깐의 개꿈 속에서는 벼르고 별러
일 년에 한두 번 삼월 삼짇날과 사월 초파일 날
장롱 가장 밑바닥의 무색 치마저고리를 꺼내 입고 이웃 동
네 마동에
약물 먹으러 가거나 내소사에 가시는 어머니를 본다
팔십 평생 밭만 매신 어머니는 당신 생의 반을
무릎에 무단으로 세 들어 사는 통증과 싸우다 지쳐 돌아
가셨다

사람들은 내가 땀띠 많이 나는 것과 그럴 때면 이명으로
괴로운 것까지도
어머니를 닮았다고 한다

기우祈雨

잊고 사는 것이 꼭
나쁜 것만은 아니어라
못 보면 죽을 것 같던 시간도
소나기처럼 지나고 나면 그 자리
찢긴 꽃에서도 열매는 맺고
시나브로 시나브로
다시 새로운 싹은 돋을지니
그러나 비 닮은 마음은 또 안 듯 모른 듯
멀어져서 아득한 시간,
가스 불에 올려놓은 냄비 그랬듯
아주 새까맣게 잊히고 만다면
닦아도 닦아도 되돌릴 수 없게 된다면

아― 새 떼들이여, 한낮을 날아올라라
늘어진 나뭇가지 저 이파리들을 흔들어라

솥만큼이나 달궈진 삼복의 콩밭에서
옛일들을 불러내며 한 고랑의 밭을 매고
나는 목마른 아가미 숨을 헐떡여
호미와 괭이, 나의 무구들을 깨우네

춤을 추네, 마지막 한 겹도 벗은 채
알몸 알마음으로
붉게 타는 초록이었던 대지 위에
비비고 부딪혀 생채기들을 내고
참회의 씻김 땀방울을 뿌리네
타올라 불타올라
미친 듯 미쳐서 구름에 가닿도록
사라질 수 없는 것들 다시 부르네

칠석

기다리는가, 돌아서서
바라보면 푸르던 지난날은
신기루처럼 모래바람에 쓸려가고
사막을 가로지르는 강의 한가운데서 나는
피안에 서있는 그대를 바라봐야 하는가
다시 저 건너편으로 되돌아가서
젊은 날의 견우여야 하는가, 어두운 밤
그대는 별처럼 멀리 흔들리고
나 또한 바람에 돛대 없이 흔들리니
어디로 가는 건지 알 수 없는 시간은 흐르고
자꾸만 먼동은 터오려 하는데
정수리가 다 드러나도록 기다린 세월에도
스스로 디딤돌 하나 놓을 수 없단 말인가

떠나가리, 어느 절간
뒷벽에 그려진 심우도의 동자처럼
내가 거두는 한 마리 암소를 풀어주고
콩밭 걱정 깨밭 걱정 잊고 한 삼 년
떠돌리, 그것이 이 염천보다 더한
모래 먼지 속일지라도 내 육십지년의

밭고랑에 새긴 한숨과 탄식을 넘고

걱정과 조바심 욕망과 허망을 넘어서

맨발에 굳은살이 박이고 새살이 돋도록

차라리 눈먼 봉사로 떠돌리, 귀먹은 귀먹쟁이로

입 닫은 벙어리로 떠돌리 떠돌다가

굳은살 속에 귓속에 입가에 다시

콩잎 깻잎 돋아 나오면 그때 한바탕

소나기로 춤추며 돌아오리

칠석에

낙엽 지다

이제야 좀
앞이 보인다

꿈 많은 세월이어서
퍼렇게 떠돌았나

계절의 집에 돌아와

낮잠 한숨
기지개 한 번

노랗게 울렁이던 가슴, 기침 한 번

이제야 좀
숨이 트인다

짚 한 베눌

얼마 만인가 이 따뜻한 느낌은,
논 한 필지 지푸락을 아내와 함께
손으로 묶고 지게로 져다 쌓아놓은 날
쌀가마 쌓아놓은 것보다 더 대견하다
쌀이야 쌓아놓은들 얼마나 먹나
식구 일 년 기껏 칠팔 가마로 충분한데
지푸락은 많을수록 좋다, 우선
이엉 엮어 따뜻하게 소막을 둘러주고
외양 짓으로 밟혀 내년 거름으로 써야지
고추밭 고랑에도 두툼하게 깔아주고
그리고 몇 번은 술을 먹고 이 속에서 자볼란다
옛날에 그랬다잖아, 솜이불 가진 놈은 겨울에 얼어 죽었어도
지푸락 다발 가진 놈 오동포동 살아남았다고
내가 시방 알곡 팔 걱정 뒷전에 미뤄두고
지푸락 한 베눌에 애틋한 것은
요즘 기계 아니면 지푸락을 묶을 수 없고
그 기계 삯만도 몇십만 원
그게 다 농촌을 여위게 하는 일이기 때문
내 이 짓도 몇 년 갈지 모르겠다만
행여 잊어버릴라, 세상이 아무리 변한다 해도

쌀 한 톨 낳는 것은 기계가 아니라 땅과 하늘과 사람이
라는 것
　그리고
　짚 검불도 검불답게 대접해야 개운하다는 것

빈 그릇

밥 먹고
서로의 빈 그릇을 척척 포갠다는 건
애초에 나눠 담지 않았으면 불가능한 일
나눈다는 것은 마음을 포갠다는 일
서로를 닦아주고 다시 담겠다는 일
얼마 전
밥통도 보지 않고 상을 차린 아내가
한 그릇 못 되는 밥을 나한테만 담아주고
자기는 고프지 않다며 빈 그릇 내려놓을 때
정지서 이것저것 허섭한 걸 입에 넣을 때
알겠더라고
한 사람의 그릇이 텅 하니 비어있을 땐
또 한 사람의 찬 그릇도 휑하니 비더라는 걸

바느질하는 사람

무명겻은 늘 땀받이였다
툭툭한 무명 적삼에 밴 땀
오뉴월 아니어도 마를 날 없고
머리에 쓴 수건 한 자락
땀보다 눈물 닦는 날 많았다
미영 씨 땅에 묻고 호미질하던 여인이여
푸른 가을 하늘 목화 따던 날은
네 마음도 잠시 머-언 곳 떠갔겠네
베틀 앞에 두고 앉은 수많은 밤이야
실타래보다도 더 긴긴 편지
왜 쓰지 않았으랴
마음속 이는 바람 가위로 잘라내고
행여 그 자리 눈물 비칠라
여며 박고…… 호아 감치는구나
자투리 아꼈다가 한 땀 한 땀 바늘 세워
여위는 가슴 남루를 감싸는데
기억하라 저
누백 년 땅에 무릎 꿇어 헤진 상처
어루만지는 것의 지극한 의미를

농민전傳

여보게
찬물이나 한 그륵 마시지 그랴
그 나쎄에 무슨 일자리 알아보겠다고
여기저기 기웃기웃 돌아다니나
애초에 되지 않을 일 될 듯하다고
김칫국 마시려는 자네 꼴 보기 싫으이
농사를 아예 그냥 포기하지 않는 한
이 겨울이라고 손발 뺄 수 있는가
깨 한 주먹 녹두 한 톨 만들어 내재도
일 년 내 수십 가지 일을 하지 않으면 안 되고
하루나 이틀만 어디 다녀올래도
미리미리 이것저것 마음 써놓지 않으면
든 자리 없어도 난 자리 있더라고
꼭 어디 한구석 표 나지 않던가
그러니 농사꾼은 놀아도 노는 게 아니고
가만히 있는 것 같아도 일하고 있는 것이여
자식들 밖에 나가 힘들게 산다 마음 쓰여도
다 애미 애비가 그렇게 땅뗑이 붙잡고 있어 가능한 것
아무리 적게 먹고 적게 싸도 빚지는 이놈의 세상
어느 때 한번은 쇠스랑 들고 일어나 버리게

찬물이나 한 대접 벌컥벌컥 들이키고
자네 몸뗑이 다독이듯 밭둑이나 거닐어보게
지금은 겨울이어도 또 금세 봄이 온다네

감나무

눈 오다 비 오다
겨울은 한중간으로 들어가는 양
진눈깨비 섞바뀌어 몰아오는 날은
이파리 떨어진 늙은 감나무에 매달린
홍시 몇 알이 안쓰럽다

마루 끝에 나와 서서
박새 몇 마리 날아와
떨면서 홍시 쪼는 것 보면서
멀리
밖에 나가 있는 애들을 생각한다

다 떨치고 차라리 나도
더 깊은 산중으로 들어갈까, 아니면
멀리 섬으로나 떠나갈까
먹다 남은 소주 한 잔에 진저리 치면서도

소주는 쓰고 독함으로 하여 위안인 것
흔들리며
흔들리면서
찬바람 견디고 서있는 감나무를 본다

대설

사흘 굶은 시어미 욱대기듯
우두우둑 싸락눈 우박질이다

칡 오리 몇 발 끊어 들고 산에 올라
서둘러 마른 삭동가지 주워 모으다가
문득 불목하니로 허기진다

쉽게 타오르다 금방 사위겠지,

아름드리 참나무 옆에 가 서보지만
참나무가 되지 못한 젊은 날의 허기가
더 뼈 시리다

내려가자,
굽은 등성이를 넘어와 낮게 깔리던 구름이
기어이 송이눈을 쏟기 시작하고
발밑에선 숨었던 꿩이 솟구쳐
눈발 뚫고 허공을 가르는데

이 잔가지들도 한 끼 밥이야 넉넉하리

아랫목 한 줌 온기를 데우고 몸 누이면
밤새 죽창이 되지 못해 서걱대는
뒤란 대숲의 신음 소리가 또 들릴까

아궁이에 짚신 감발 말려 신고
새벽 숫눈 차며 길 떠나던 먼 옛날의 그대

그대여, 아직 반란의 꿈을 접을 수는 없으리!

불목하니

날마다 아궁이에 불을 때는 사람은
마누라 엉덩이에 불을 지피는 사람이다
마누라 엉덩이가 따뜻해져야
세상이 돌아간다, 아랫목에 편안히
배 깔고 엎드려서 TV를 보는 것을 시작으로
TV를 보다가 친정에 전화를 하고
친정 동생에게도 전화를 하고 딸에게도,
딸에게는 전화를 하면서 옷장을 뒤져보고
옷장을 뒤져서 묵혀 둔 옷들을 입어보고
걸려 온 전화를 받고는 모임 약속을 하고
손님이라도 맞으려는 듯 갑자기 청소를 하고
컴퓨터를 켜서 무언가 검색을 하기도 하고
그것이 무엇이든 간에 두레 멍석을 엮으며
둥글게 날줄을 늘려 나가듯 앉아서도 세상을
출렁이게 한다, 그러니
누구라도 혹시나 겨우내 뭐하냐고 물어온다면
제발 나무나 하면서 그렁저렁 지낸다 하지 말고
나무를 해서 이 메마르고 추운 세상을
따뜻하게 불 지피고 계시노라고 말해라
겨울엔 이게 가장 중요한 일이노라고 말해라

어엿차!

나가서 또 불 때야 할 시간이다

동치미

산토끼처럼 눈 발자국
찍고 가서
새하얀 옥양목 버선에
담아 오는 무 동치미
바알갛게 든 갓 물이
밤새
수틀에 아롱지던 분홍 색실처럼
상 위에 미끄럼 지던 아침
잠에 익은
사과 같은 내 두 뺨을
감싸 쥐던,
남자 따라나서던 날
뒤란 장독대 옆에서
하염없이 울던 누님

장마
—임하준에게

멀리서
소쩍새가 울었다

엄마는
오래 앓아누웠다

깊은 밤
병상 앞

창
밖으로

울음이 터져 내렸다

사월, 길을 잃다

눈부시다 못해 전율이 이는
산 벚꽃 피던 사월 어느 날은
가만히 바라보고 서있기조차 어지러워서
차라리 길을 잃어버리고도 싶었는데
아- 정작 원하지 않은 길을 잃은 것은
몹쓸 세월호에 탄 너희들이구나
어른이라고 하는 것들의 탐욕과 이기심
무책임만이 조타기가 된 세월호 객실 안에서
까닭도 모르고 울며 두려움에 떨던 그날
그날 너희들이 본 것은 무엇이더냐
청춘을 얽어매던 교실이라는 새장을 나와
느껴보았던 꿈과 희망 사랑도 잠시,
그것은 되려 영원히 너희들의 길을 잃게 한
절망의 겹겹 철문이 아니더냐
시시각각 다가오는 죽음의 그림자 앞에서
유리창 시커먼 뻘물 밖으로
그래도 정녕 너희들이 바란 것은
끝까지 포기할 수 없는 세상에 대한 믿음
엄마 아빠 누나 동생을 향한 사랑
목숨 같은 구명조끼 벗어주고픈 우정일진대

그 끝에는 몸부림도 조용히 숨을 멈추고
하늘 향한
순결하디순결한 길만이 희미하게 열렸던가
손톱 마디마디 피맺힌 아픔과 원망을 찢듯
옥양목 푸른 올을 끝없이 가르며 갔던가
천 번 만 번 메아리치게 이름 불러도
이 세상에서는 너희를 찾을 수 없는 곳

오늘
너희들이 간 길을 끝끝내 잊지 않기 위해
눈물 섞인 밥 한술 목에 넘기고
일어서 가슴에 리본을 단다 부끄런 가슴에 노란······

2014 – 0416*

낯선 당신과 내가 먼 옛날의 어느 봄날
두 눈과 눈이 마주쳐 흔들리면서
사랑이 시작됐다는 것을 기억한다면
지금 저 길가의 코스모스가 긴 목을 흔들어
가을의 이 슬프도록 아름다운 바람을 만들었다는 것을
알리라

호랑나비 흰나비가 함께 춤을 추어서
종다리 소리 높여 우짖었고
종다리 소리 높이 우짖어서
참매의 날개 두둥실 떠올려졌다가, 순간
침묵을 가르는 회오리바람 소리!
수천수만의 나무를 흔들어 검은 잠에서 깨웠다
세상의 푸르름을 만들었다

사랑이여, 사람이여
지금 이 자리 우리가 흔들리지 않는다면
흔들리지 않는다면
아 – 우리가 서로 어깨 걸고 몸 바쳐
흔들리지 않는다면

* 세월호 참사 일어난 날.

꿈, 나무

바닷속에는
아홉 그루의 나무가 있다
뿌리가 된 열여덟 개의 다리가
갯벌 깊숙한 곳으로 골을 내어서는
육지로 육지로 길을 만들고
한 발, 또 한 발
천 날 밤을 걸었다

바닷속에는
아홉 그루의 나무가 있다
가지가 된 열여덟 개의 팔뚝들은
이파리처럼 미역 줄기를 손에 붙인 채
한 팔 또 한 팔 휘저어
천 날 낮을 헤엄쳤지만
아— 언제나 제자리로 맴돌아 가는 밤

가위눌린 꿈이여, 나무여, 저 시커먼
이무기 소용돌이 아가리여, 이빨들이여

달아나도 달아나도 달아날 수 없는 이 꿈을

천지가 쪼개지는 돌덩이로 내리쳐서
내 정수리를 산산조각, 어느 찰나에
수천수만의 산의 나무가 바다로
바다의 나무가 산으로, 나무란 나무는 모두
그 뿌리와 가지를 뻗고 또 뻗어 서로
어깨를 걸고 허리를 싸안아

나무이게 하소서
지상의 시간이게 하소서

＊시에 덧붙여─누구인지도 모를 많은 사람들과 함께 세월호를 인양하는 재킹 바지선의 와이어로프를 당기는 꿈을 꾸었다. 전날, 시험 인양을 시작했다는 뉴스를 본 탓이리라. 아침 밥상을 앞에 두고 다시 세월호 인양 뉴스를 보는데 가슴이 두근거리고 초조해지기 시작했다. 무사히 저 일이 끝나야 될 텐데, 아이들은 온전히 배 안에 있을까, 천 날도 더 지나갔는데 그리운 모습들 그대로일까, 아내와 이야기를 주고받다가 문득 이런 생각이 들었다. 파도에 휩쓸리지 않으려고 어쩌면 모두 나무가 되어있을지도 몰라. 날마다 날마다 집에 오고 싶어서 이파리처럼 몸에 미역 줄기를 붙인 채 흔들리고 있을지도 몰라. 그러나 아무리 발버둥 쳐도 그 자리 벗어날 수 없는 이무기의 이빨 같은 차갑고 어두운 바다의 소용돌이. 나는 어느새 그 미역 줄기들을 대신 손에 들고 무구처럼 흔들며 춤을 추기 시작했다.

결국 우리는 모두 스스로 제 정수리를 쪼개 이 시대의 가위눌림에서 깨어 슬픈 이들을 따뜻하게 껴안는 낮은 목소리의 샤먼이어야 하지 않은가.

대지에서 길러낸 시

정도상(소설가)

1. 입춘대길의 마음으로

2019년 까치설날이며 동시에 입춘의 날에 먹과 붓을 찾았다. 못난 글씨지만 '입춘대길'을 써서 대문에 붙이겠다고 한지를 찾다가 그만 손을 멈추었다. 문득 박형진 시인이 떠올랐던 것이다. 박형진 시인에게 입춘대길이란 새봄에 새 시집이 나오는 일이 아니겠냐는 생각이 밀려들었다. 몇 달 동안 읽고 또 읽으며 끙끙 앓고 있던 시 원고를 쓰기로 독하게 마음먹었다.

전라도 부안 모항 근처의 바닷가 농촌에 사는 시인의 이름은 박형진이다. 그를 생각하면 늘 '서글픈 단단함'이 떠오른다. 시인으로서 그는 늘 세상을 서글프게 바라보았고, 농부로서 그는 대지에 단단하게 발을 디딘 사람이다. 나에게 그는 연장을 다루는 농부였다. 『농사짓는 시인 박형진의 연장 부리던 이야기』에는 서글픔에 대한 소회가 나온다.

> 농촌의 생활양식과 유구한 전통문화가 이처럼 '기계화=속도=이윤'이라는 것에 단시간에 철저히 붕괴돼 버렸다. 그래서 농촌은 결국 도시의 위성화衛星化가 된 것이다. 여기에 우리의 서글픔이 있다. 한 자루 괭이를 손에 쥐고 흙을 파헤치는 과정에서 느끼는 과거와 현재, 옛사랑과 지금의 나, 그리고 이들과 땅을 통한 연대 의식에서 더 나아가 자연, 우주와의 영적 교감, 지속 가능한 미래 등을 편리와 바꿨기 때문이다. 다시 말해, 농부는 한 사람 한 사람이 모두 과거와 온갖 경험이 축적돼 있는 살아있는 박물관인데, 이제는 스스로 그 괭이를 던져버리고 정체성을 잃어버린 영혼 없는 기계 기술자가 되는 듯해서다.
> ─『농사짓는 시인 박형진의 연장 부리던 이야기』 부분

박형진은 아름다운 사람이다. "반짝반짝 빛이 나는, 닳고 닳은 괭이를 어깨에 멘 채 석양을 등지고 마을을 향해 피곤한 발걸음을 옮기고 있는 농부의 모습은 그 고단한 살림살이와는 별개로 아름답기 그지없다. 아니 고단하기에, 그리고 그 고단한 동시대의 삶을 함께 살아내기에, 바라보는 사람의 눈에는 처연한 아름다움으로 비춰지기까지 한다"는 그의 말 그대로 박형진은 단단한 아름다움의 농부며 시인이다.

나는 소설을 쓰는 사람이지만 손 닿는 거리에는 언제나 시집이 있다. 지금 가장 가까운 곳에 있는 시집은 곽효환의 시집 『너는』과 박두규의 시집 『가여운 나를 위로하다』이다. 원고를 쓰다가 막히면 나는 옆에 놓인 시집을 펼친다. 그냥 아무렇게나 펼쳐 몇 편을 읽는다. 그러는 사이에 내 영혼은 잠시 휴식을 취하는 것이다. 물론 시 읽기가 영혼의 휴식을 위한 것만은 아니다. 영혼의 긴장을 위해서도 가끔씩 시집을 펼친다. 그럴 때마다 내가 선택하는 시집은 난해한 시들이나 관념이 열거된 시들이 아니다. 삶의 구체적인 풍경이나 고백을, 혹은 이야기를 하는 시집을 펼치게 된다. 내 영혼은 관념이나 억지로 꾸며진 문장에서 위로받거나 자극받는 영혼이 아니기 때문이다. 나는 삶의 깊은 곳에서 길어 올린 사실적인 문장이거나 통찰이 담긴 문장을 좋아한다. 나는 정서 과잉의 감각적인 문장과 사소한 몸짓을 재치 있게 표현한 문장은 신뢰하지 않는다. 짝퉁 제품을 최고급으로 포장한 포장 상자나 포장지로 보이기 때문이다.

삶을 비틀고 사소한 행위들을 도드라지게 표현하거나 조작된 관념의 문장들을 난해하게 뒤섞은 시들이 요즘 대유행이다. 내 눈에는 그 시집들이 겨울의 거리를 휩쓸고 있는 검은색의 롱 패딩 물결처럼 보일 뿐이다. 제조사가 다르고 이름만 다를 뿐 거의 완벽하게 똑같은 옷들이다. 재치 있는 표현의 과잉일 뿐이다. 게다가 그 재치 있는 표현들이란 게 모두 정서 과잉에 기반하고 있는 조작된 관념이나 감각의 문장들로 구성되어 있는 것이다.

유행은 일종의 일체성이다. 서로 다른 듯이 보이고, 각각의 시 세계도 저마다 다양하게 보이지만 본질적으로 거의 비슷비슷한 표현만 있을 뿐이다. 일체성이 강해지면 다양성은 발붙일 수가 없다. 그런 유행의 시대에 박형진의 원고를 대형 출판사에 보냈으니, 시 기획위원이나 편집위원들의 눈으로 볼 때는 얼마나 한심한 원고로 보이겠는가. 그들은 아예 검토조차 하지 않은 채 몇 달을 붙잡고만 있었다. 시가 주로 농사짓는 이야기이다 보니, 젊고 잘나가는 그 시인들의 눈에는 얼마나 같잖게 보였을까 싶었다. 결국 두 군데의 출판사에서 거절당하는 동안 이 년이라는 세월이 흘렀다. 시적 다양성이 거부당하는 현실이 아팠다.

눈 오다 비 오다
겨울은 한중간으로 들어가는 양
진눈깨비 섞바뀌어 몰아오는 날은
이파리 떨어진 늙은 감나무에 매달린
홍시 몇 알이 안쓰럽다

마루 끝에 나와 서서
박새 몇 마리 날아와
떨면서 홍시 쪼는 것 보면서
멀리
밖에 나가 있는 애들을 생각한다

다 떨치고 차라리 나도

더 깊은 산중으로 들어갈까, 아니면

멀리 섬으로나 떠나갈까

먹다 남은 소주 한 잔에 진저리 치면서도

소주는 쓰고 독함으로 하여 위안인 것

흔들리며

흔들리면서

찬바람 견디고 서있는 감나무를 본다

─「감나무」 전문

시 「감나무」는 박형진의 자화상이다. "늙은 감나무"처럼 흔들리며 흔들리면서 찬바람 견디고 서있는 시인이 되어 그는 "멀리/ 밖에 나가 있는 애들을 생각"하고 있다. 그는 농사를 짓다가 그만 늙어버린 사람이다. 땅에 엎드려 곡식농사에 몰두하느라 시 농사는 별로 짓지 못했다. 그의 시 농사는 곡식농사만큼이나 정직했다. 삶을 조작하는 관념 따위는 그의 시에 스며들 여지가 없었다. 대지의 삶은 관념이 아니라 구체이기 때문이다.

농부는 농사를 짓는 사람이다. 인간의 삶은 근본적으로 의식주로 구성된다. 농부는 그중에서 식食을 책임지고 있다. 농사짓는 것을 농업이라고 하는데, 1차 산업을 대표하고 있다. 5G의 속도로 전개되는 4차 산업의 시대가 이미 우리 곁에 와있다. 4차 산업을 대표하는 개념으로 'VR'이 있다. VR은 프로그램으로 생성된 가상의 공간에서 보고, 듣고, 느끼면서 가상의 이미지나 데이터와 상호작용하는 것을 말한다. 안경 비슷한 것을 착용하고 가상의 공간에서 직접 혹은 간접으로 가상의 이미지와 접촉한다.

하지만 VR은 철저하게 가상 혹은 거짓에 기반하고 있을 뿐이다. 게임방에서 가상의 공간에서 게임을 하다가 배가 고프면 게임 사용자들은 화면으로 컵라면을 주문하여 책상에서 먹는다. 이때의 컵라면은 가상의 식품이 아니다. 그것은 철저하게도 현실의 식품인 것이다. 현실의 식품의 원재료는 농업에서 온다. 농업에서 오지 않는 식재료는 이 세상 어디에도 없다. 박형진 내면의 주요 부분을 구성하고 있는 이 자아는 '농사의 근원성'을 너무나도 잘 알고 있기에 "늙은 감나무"로 서있는 것이다. 본격적으로 늙은 감나무처럼 생긴 시인의 시를 읽기로 하겠다.

2. 대지에서 길러낸 시

'철이 든다'라는 말이 있다. 철이라는 것은 사시사철을 의미한다. '철이 든다'는 '사시사철을 잘 알아 언제 땅에 보습을 대고 고랑을 파고, 씨앗을 뿌리고, 김을 매고, 수확을 할 줄 안다'라는 뜻이다. 24절기는 15일에 하나의 절기를 만들어 사용하는데, 춘분이 기준이다. 그 때문에 점을 치거나 사주팔자를 볼 때에도 춘분을 기점으로 사용하고 있다. 쥐띠생이라 하더라도 춘분 이전에 태어났다면 돼지띠로 소급하여 사주팔자를 보는 것이다.

박형진의 이번 시집 『밥값도 못 하면서 무슨 짓이람』은 봄 여름 가을 겨울의 4부로 자연스럽게 구성되어 있다. 봄과 여름 그리고 가을의 시에는 각각 농사 일기가 덧붙여 있다. 농사 일기가 있으니 시를 이해하기가 아주 쉽다. 농사 일기는 농부의 자아에서 시인의 자아로 바뀌는 어떤 지점에 대한 감정의 설명이다. 반면에 시는 행과 행 사이에 시인의 자아가 숨결처럼 담겨 있다. 그것을 읽어내는 것은 참 어려운 일이다.

봄 - 칠칠하다

제1부 '봄'에는 「시로 쓴 농사 일기 1-사랑의 씨앗」을 비롯한 열한 편의 시가 배치되어 있다. 봄은 역시 농사를 준비하고 씨앗을 뿌리는 계절이며 생동하는 생명의 시간이다. 농사를 준비하는 첫 번째의 일은 고랑을 만드는 일이다. 고랑은 밭의 주름이다. 주름을 만들어야 씨앗을 심고 생명을 기를 수가 있는 것이다. "세계는 무한히 접힌 주름이다"라고 한 라이프니츠의 개념 정의가 없다고 하더라도 농부는 땅에다 무한히 접힌 주름을 만들어낸다. 그 주름마다 세계의 비밀이 존재한다. 그 주름에서 생명이 창조되고 자라고 병들고 죽는 어떤 섭리와 저마다 개개인의 노동과 상처가 축적된 것을 나는 세계의 비밀이라고 부른다. 또한 우리가 눈으로 보는 세상과 우리 눈에 보이지 않는 접힌 주름 속의 세계는 근본적으로 다르다.

타타타타타타……
처음엔 한 줄
이마에 푸른 고랑을 내었다

그렇게 몇십 년
새긴 밭고랑이

털·털·털·털·털……
얼굴에 가득
주름이 되었다

가을처럼

그 주름 한 두둑 호미질하면

밭둑에 앉아 씻던 땀방울만
뚝뚝
묻어 나올 뿐

세월의 넝쿨 따라 씨알 졌던
청춘 한 바구니

간곳없다

일기_
겨우내 비워 둔 밭에 풀이 무성해서 무얼 심어야겠다는

작정도 없이 올 들어 처음으로 하루 종일 경운기질을 했다 맘먹기로는 오전 한나절만 하고 나머지는 내일 하기로 했는데 하다보니 마음이 바뀌었다. 비가 오신다는 예보도 있거니와 힘이 들어도 하루에 끝내버리고 땀 찬 옷을 벗어버리고 싶은 게다. 그래서 오후에도 계속 했는데 점점 힘에 부쳐서 한 고랑씩 갈 때마다 그만둘까 망설인다. 그러기를 수십 번, 날이 저물고 포기하지 않은 덕에 이젠 몇 고랑 일거리만 남았다. 경운기가 지나감에 따라 밭 가득 드러나는 고랑들이 평생 내 얼굴에 새긴 주름 같다고 생각했다.

—「시로 쓴 농사 일기 3-경운기질」 전문

무엇을 심어야겠다는 작정도 없이 빈 밭에 종일 경운기질을 하는 농부가 바로 박형진 시인이다. 이것이 봄의 일인 것이다.

시인은 시마다 친절하게도 농사 일기가 붙여 놓아서 시 읽기에 특별한 어려움은 없다. 하지만 시마다 밑줄을 치고 싶은 구절들이 있다.

씨앗을 나눠 받는 것보다 더
좋은 일이 또 있을까
오래 늙은 겨울이 가고
소녀의 가슴 같은 봄이 오는데

—「시로 쓴 농사 일기 1-사랑의 씨앗」 부분

"오래 늙은 겨울이 가고/ 소녀의 가슴 같은 봄"이라는 표현은 농사짓는 사람이 아니라면 쉽게 떠오르지 않는 시어들이다. 박형진 시인의 시어는 그렇게 대지大地에서 길러낸 시어들이다. '토방 돌 틈' '마늘밭' '고자리' '방가지똥' '조뱅이' '바랭이' '여뀌' '명아주' '봄비 교향곡' 등 이루 헤아릴 수 없는 시어들을 그는 대지에서 길러냈다. 감각적인 문장이나 재치 있는 단어의 조합을 그는 애써 외면한다.

문장을 감각적으로 쓰는 일은 어려운 일이 아니다. 누구나 조금만 연습하면 가능하다. 하지만 대지에서 시어를 길러내는 일은 연습으로도 불가능하다. 생의 구체성 밖에서 오랜 세월 텍스트만 읽고 텍스트 쓰는 일에만 몰두하고 반복하면 남는 것은 결국 빈껍데기의 지적 허영과 위선과 재치 있는 문장들뿐이다. 삶이라고 하는 대지의 현장에서 발생하는 고통과 슬픔을 외면하고 정서와 문장의 감각 안에서 만들어진 고통과 슬픔에 빠져 허우적거리는 것도 문학이라고 하기는 하겠지만 가짜 혹은 짝퉁의 냄새가 풍기는 것을 어쩔 수가 없다.

'칠칠치 못하다'라는 말이 있다. '칠칠하다'는 새싹이 대지를 뚫고 올라오는 모양을 뜻한다. '칠칠치 못하다'는 새싹이 비실거리다가 말라 죽는 모양이거나 푸성귀 따위가 더럽게 말라비틀어진 상태를 의미한다. 그러니 봄을 칠칠하게 만드는 것이야말로 농부의 일인 것이다.

마늘밭에 고자리 고자리 고자리 고자리 고자리
고자리 고자리 고자리 고자리 고자리 고자리 고자

리 고자리 고자리 고자리 고자리 고자리 고자리 고
자리 고자리 고자리 고자리 고자리 고자리 고자리
고자리 고자리 고자리 고자리 고자리 고자리 밭에 메꽃 메
꽃 메꽃 메꽃 메꽃 방가지똥 방가지똥 방가지똥 방가지똥
조뱅이 조뱅이 조뱅이 조뱅이 개불알 개불알 개불알 개불
알 괭이밥 괭이밥 괭이밥 괭이밥 바랭이 바랭이 바랭이 바
랭이 여뀌 여뀌 여뀌 여뀌 비름 비름 비름 비름 명아주 명아
주 명아주 밭에 마늘 마늘 마늘

　일기_
　마늘밭을 매는데 아직도 고자리 천지다. 애벌레가 어른
벌레가 되어 쇨 대로 쇤 마늘 대궁까지 갉아버려서 작년에
반타작도 되지 못하겠다. 눌러 죽이는 게 징그러워서 처음
엔 몇 번 잡아내다가 포기한 것이다. 마늘 듬성해진 틈에
풀만 어찌나 나고 자라는지 벌써 네 번째 맨다. 내일 모레
캘 때인데 그러므로 마늘밭이 아니라 이것들의 밭인 게다.
　　　　　　　　　　　─「시로 쓴 농사 일기 4─유기농」전문

　시 「시로 쓴 농사 일기 4─유기농」전문이다. 유기농이란
다른 생명을 죽여 농작물을 살리는 농사가 아니라 뭇 생명
과 함께하는 우주 본연의 농법이다. 징그러울 정도로 생명
을 아끼는 농법이라 죽어라고 고생을 해야 겨우 생산이 가
능하다. 수확물도 보통의 농법에 비해 반도 되지 않을 때가
많다. 봄에는 씨를 뿌리고 난 뒤에 밭매기를 해야 한다. 하
루 이틀만 그냥 지나가도 고랑마다 밭두덕마다 바랭이를 비

롯한 온갖 풀들이 시퍼렇게 올라온다. 유기농이란 바로 끝없는 밭매기인 것이다. 「시로 쓴 농사 일기 5−밭매기도 이럴진대」는 밭매기의 고단함을 유쾌하게 풀어낸 시이다.

> 몇십 년 함께 산
> 나와 아내 사이에도 삼팔선이 있다
> …(중략)…
> 손만 바삐 놀린다, 풀 중에는 철이 다해 가는 것도 있고
> 이제 막 제철인 풀도 있고, 한창 자라 억센 것
> 가시가 달린 놈도 있다, 이것들을 넘어가야
>
> 아내와 만날 수 있다
>
> …(중략)…
>
> 드디어
> 만세!
>
> 남북통일이다
>
> 남은 것은 이제 내일 또 매자고
> 둘이 손을 잡고 돌아오면 방 안에서도 또
> 위아래 녘 통일이다 그래서 날마다 날마다
> 남북통일 밭매기다
>
>   —「시로 쓴 농사 일기 5−밭매기도 이럴진대」 부분

남북통일이 이렇게 늙은 농사꾼 부부의 밭매기처럼 고단하지만 아름답게 오기를 바라는 마음이다. 낮에 밭매기를 하면서 풀과 풀을 넘어 만났던 늙은 부부는 밤에는 온몸으로 만나 통일을 이룬다. 거기에는 더 이상 반생명의 죽임의 문화가 없다. 농부에게 분단체제는 곧 죽임의 문화, 반생명의 문화일 테니까 말이다. 박형진 시인은 논밭을 해치는 멧돼지도 증오하지 않고 어떤 본질적인 애정을 쏟아붓고 있다. "잗다란 인간의 조각 밭이나 더듬고/ 가시덤불 대신 신작로를 달려/ 이제 스스로 욕이 되려 하느냐// 길들여지면 아니 되느니/ 그것은 너무도 순식간이어서/ 네 뒤를 따르는 새끼들에게/ 인간의 탐욕이나 가르치게 될 것을// 이것이 지금 어쩔 수 없는 현실일지라도/ 내일엔 너는 너로 나는 나로 돌아가자". 일기에 나오는 것처럼 죽창을 만들어 사흘 밤을 매복 아닌 매복을 하며 멧돼지를 기다리면서 시인은 비로소 멧돼지와 나의 짐승으로서의 동일성을 확인하게 된다. 이런 인식이야말로 생명의 확인인 것이 아니고 무엇이란 말인가.

농사 중에서도 고되기 짝이 없는 농사가 고추 농사다. 필자도 대여섯 평짜리 밭에 매해 고추를 심는다. 어느 해에는 청양고추 10주, 일반 고추 10주, 꽈리고추 10주 정도를 심었는데, 일주일 후에 진딧물 같은 벌레가 자글자글 끓었다. EM효소를 뿌려보았지만 아무 소용이 없었다. 농약을 치지 않기로 했기 때문에 그냥 두고 보았더니 고추꽃이 피기도 전에 죽을 지경이었다. 그런데 며칠 뒤, 이웃 밭의 아주머니가 농약을 쳐주었다. 그 아주머니는 나를 위해 밭두덕에도 제초제를 뿌린 적이 있는 친절한(?) 분이었다. 그 아주머니와 대판 싸웠다. 제발 내 밭에 아무것도 해주지 말라는 애원도 했었다. 박형진 농부는 결국 고추 농사를 포기했다. 그 마음을 「시로 쓴 농사 일기 9 - 올해는 고추를 심지 않았다」에 잘 표현하고 있다.

봄의 농사 중에서 최고의 절정은 뭐니 뭐니 해도 모내기다. 요즘에는 자동 이앙기로 모를 심기 때문에 모내기하는 풍경을 아예 볼 수가 없다. 그 풍경 자체가 사라지고만 것이다. 농부의 기억 속에는 그 풍경이 고스란히 저장되어 있다.

이것은
평등의 바다 위에만 심을 수 있는
우리들의 소중한 자유다!

날라리를 불어라 풍물을 울려다오
자아아 - 어어이
못줄을 한번 넘길 때마다
너는 뒷산으로 매기고 나는 앞산으로 받아
희망은 가차워지고 절망은 멀어진다
누가 이렇게 논을 골랐다냐
등 나오고 배 곯으면
피는 커도 모가 녹는다
자아아 - 어어이 또 한 번 줄을 떼세

한 발 한 발 발을 옮길 때마다
사랑한다사랑한다사랑한다사·랑
한·다고 외치며 너에게 다가가지만
네 것이어야 할 허리는 논둑에 붙들리고
눈은 푸른 하늘에 빼앗겼다, 나는
이제 내가 아니다 자아아 어어이-
저 혼을 부르는 소리에 육신마저 내려놓고
한없이 낮아져서 밟히고 뭉개지는 흙과 함께
수평이 되어서야만 비로소
너에게 다가갈 수 있을 뿐,

그리하여 우리가 몸에 새긴 수천수만의 푸른 직립들은
결코
사라지지 않는 것이다

일기_

실로 몇십 년 만에 해보는 손 모내기다. 20년을 한결같이
손 모내기만을 해오던 변산공동체학교에서 올부터는 함께
모를 내자고 하여 그리된 것인데 가슴이 이상하게 울렁거
린다. 논을 갈고 고르는 것은 트랙터가 알아서 해주고 모내
기는 이앙기가 해주므로 모내는 날 나는 논둑에서 모판만
들어주면 끝이었지만 손으로 모를 내는 데야 그럴 수 있나,
20여 명의 사람들이 반나절은 해야 하므로 떡도 한 말 술도
한 말 시원하라고 얼음과자도 한 보따리 샀다. 계산해 보면
이앙기에 비해 이쪽이 훨씬 더 시간과 경비가 많이 든다. 하
지만 기계는 오직 기계적 계산만 있을 뿐 사람은 그 과정에

서 노동의 고달픔과 성취감, 내가 심은 벼 한 포기 한 포기에 대한 애정과 관심에서 더 나아가 사람과 사람 사이의 연대와 사랑으로 이어진다. 그러므로 이것은 한 덩어리 밝고 건강한 생명의 기운이 무논처럼 출렁이며 응축되는 시간인 것이다. 가을의 수확이 그래서 더 풍요롭고 의미 있지 않겠는가? 끊어질 듯 아픈 허리를 잠시 논둑에 눕혀 쉬임 하면서 바라보는 푸른 하늘이 오늘은 유달리 더 맑다.

　　　　　　　　　　　　―「시로 쓴 농사 일기 11－손모내기」 전문

　농부는 일기에서 손 모내기의 질감과 풍경과 애정을 잘 기록해 두었다. 모내기가 끝나고 나면, 연분홍 치마가 봄바람에 휘날리던 봄날은 가고 여름이 성큼 온다.

　여름 － 키우다

　제2부 '여름'은 「시로 쓴 농사 일기 27－대지의 몸」을 비롯해 열세 편의 시로 구성되어 있다. 「시로 쓴 농사 일기 27－대지의 몸」은 진짜 농부가 되고 싶은 시인의 마음이 오롯이 담겨 있는 시다. 천지현황天地玄黃, 하늘은 검푸르게 깊고 땅은 싯누렇게 넓다. 천지현황은 그러나 지구만을 표현하는 것이 아니다. 우주 전체를 표현하고 있는 말이다. 뿐만 아니라 천지현황을 좁게 들여다보면, 그것이 곧 논이며 밭이다. 시인은 우주를 경작하고 싶은 자아를 갖고 있는 것이다.

사내의 엉덩이가

이제 조금 펑퍼짐해졌다

…(중략)…

손도 조금 길어졌다

호미를 잡던 손이 낫을 잡고

낫을 잡던 손이 괭이를 잡다가

　　　　　　　　—「시로 쓴 농사 일기 27–대지의 몸」 부분

　박형진은 진심으로 "콩과 깨들이 자라나는 것을/ 가장 가까이서 볼 수 있는 엉덩이와/ 손이 수고한 다음의 땅의 이야기를/ 들을 수 있게끔 귀가 커지는 것을/ 그리하여 어머니 대지의 몸처럼/ 엉덩이와 손과 귀만 있어야 되는 것을" 상상했고 꿈꾸었다. 그것이 진짜 농부의 일이라고 믿었다.

　박형진 농부는 이 시를 쓸 때의 마음을 일기에 남겨 두었다. 어머니 친구 분 중에 "세상천지"라는 별명을 가진 분이 계셨는데, "세상천지 관세음보살"을 달고 살아서다. 꼭 늙은 호박같이 풍만한 엉덩이를 내놓고 그 자리에서 오줌을 누었다. 어린 박형진은 그때 그 엉덩이를 땅과 같다고 생각했었다. 그 엉덩이는 오십 년도 훨씬 지난 지금 땅에서 뭉그적거리는 그의 엉덩이와 정확하게 겹쳐진다고 했다.

　하늘에는 관세음보살이 땅에는 엉덩이가 있는 우주. 농부이자 시인은 단순하고 본질적인 이 우주를 꿈꾸고 있다. 그리고 긴 세월 땅에 엎드려 땅이 되었고 관세음보살이 되었으며 엉덩이가 되었다. 우주의 엉덩이며 손이며 귀가 되는 것을 부처님 예수님 되는 것이라고 여겼다. 시 「시로 쓴 농사 일기 28-뭐냐」에서 그는, 한 달 가까이 뙤약볕에서 김을 매고도 계속해서 김매기를 하고 있고, 가는 시간을 붙잡고 있기라도 하는 것처럼 콩 포기를 쓰다듬고 어르고 있는 농부를 두고 한 마디를 남겼다.

부처님 예수님이 콩밭에 있다고 말할 건 또 뭐냐
—「시로 쓴 농사 일기 28-뭐냐」 부분

이것은 해월 최시형이 베틀에 앉아있는 어느 집 며느리를 한울님이라고 한 것과 소태산 박중빈이 들녘에서 일하고 돌아오는 사람들을 부처라고 했던 것과 같은 맥락의 인식인 것이다. 깨달음이란 이렇게 대지에서 오는 것이다. 소위 텍스트라고 말하는 문자들의 행렬을 읽고 무언가를 인식한 것을 가리켜 '깨달았다'라고 하진 않는 것이다. '많이 배웠다'라고 할 뿐이다. 박형진 시인은 땅 위에서 평생을 살아가는 세상의 모든 농부들이야말로 부처요 예수라고 하는 것이다.

봄에 뿌린 씨앗은 '싸가지'가 된다. 싸가지를 칠칠하게 키워야 여름에 익기 시작한다. 여름에 충분히 햇살을 받지 못하거나 물을 먹지 못하면, '싸가지가 없'게 되는 것이다. 즉, 자라지도 못하고 죽어버릴 싹이라는 뜻이다. 이 여름에 싸가지를 키워내는 것은 오로지 농부의 몫이다. 싸가지를 잘 키워야 하는데, 작물들이 온갖 병에 시달리게 된다. 그럴 때의 농부의 마음은 그야말로 애간장이 녹아내리는 상태로 빠져든다. 애는 창자를 뜻한다. '애가 탄다'는 창자가 탄다는 뜻이니, 그 아픔이란 이루 말로 다할 수 없는 상태인 것이다. 양파가 병들어 죽어가고 있는데 아내는 취미 활동을 나가 돌아오지 않고 있다.

> 삼 연타석
> 균핵병 노균병 쭈꾸미병
> 내리 홈런을 맞았다
> (기어이 말다툼을 하고야 말았다
> 하지만 아무도 잘못은 없다, 단지
> 사랑하는 만큼만 후회가 남는 것이어서)
> 유월의 외로운 햇살 아래 그는
> 힘없이 땅에 주저앉았다
> ──「시로 쓴 농사 일기 12-양파」 부분

시 「시로 쓴 농사 일기 12-양파」의 마지막 연이다. "사랑하는 만큼만 후회가 남는 것이어서"에 오래 눈길이 머물렀다. 무슨 해설이 필요한가. 그냥 느꼈다. 박형진의 시에는 생을 관통하는 구절들이 수두룩하다. 이 아름다운 구절들은 모두 도시적 감각의 유행적 시어와는 근본적으로 다르다. 촌스러우면서도 깊다.

> 푸른 연기 오른다, 산 꿩이 우는
> 툇마루 기대앉으면

살구 광주리를 머리에 인
이웃 마을 늙수그레한 아주머니가
마당 안으로 들어서는 것만 같다
저 삼한적三韓的 친구가
밀 냄새 보리 냄새를 풍기며
찾아올 것만 같다
　　　　　　　　—「시로 쓴 농사 일기 13-우중」부분

　"저 삼한적 친구"라고 누천년 동안의 몸의 기억을 시인은
이렇게 표현했다. 비 오는 날, 술 생각이 간절하여 누군가
를 기다리는 시인의 마음이 잘 나타나 있다.

　감자밭은 어머니를 닮았습니다
　　　　　　　　—「시로 쓴 농사 일기 15-가뭄」부분

　나는 아내와 만나 새끼 넷을 낳았지만
　농사를 지어서 거둘 때는 늘
　슬픈 생각이 앞섰다
　　　　　　　　—「시로 쓴 농사 일기 17-깨 농사」부분

　달이 밝은 날은 달빛 속에서
　혼자서 있었던 때가 많았다
　그럴 때마다
　그럴 때마다
　그가 없으면 저 콩들이 외로울 거라 생각했다
　　　　　　　　—「시로 쓴 농사 일기 26-무심한 듯이」부분

지독한 몸의 노동 속에서도 시인의 자아는 생애를 관통하는 그 무엇들을 찾아 떠돌고 있다. 시인은 농부의 자아 속에서 시를 키우고, 농부는 시인의 자아 속에서 농사를 짓는다. 그러다 세상을 향해 참고 참았던 한마디를 던진다.

> 나는 가끔
> 세상을 거꾸로 본다
> …(중략)…
> 이제는 허리 아파서가 아니라
> 세상살이가 무언가 답답할 때면
> 가랑이 사이로 고개를 처박는 것이다
> ─「시로 쓴 농사 일기 25-거꾸로 처박다」부분

그렇다. 시인이야말로 세상을 거꾸로 보는 사람이다. 세상을 거꾸로 보지 않는다면, 시인이 아니다. 시인의 숙명은 본디 그러하다. 시인은 비체제적 존재이다. 체제가 빚어내는 모든 모순을 뒤집어서 보는 비체제적 상상력이 없다면 시인이라고 할 수가 없다. 지금의 세상이 거꾸로 뒤집어져서 개벽이 되었으면 얼마나 좋겠는가.

가을 ─ 익다

제3부 '가을'은 「시로 쓴 농사 일기 30-야한 가을」을 비롯해 열한 편의 시로 구성되어 있다. 가마솥 같은 여름이 가고 도둑놈처럼 가을이 슬며시 온 것이다. 가을은 그러나 남

국의 햇살로 모든 곡식이 익어가는 계절이다. 남국의 햇살이 부족하면 속이 들어차지 않는 쭉정이들만 남는다. 가을에는 곡식만 익어가는 게 아니라 사람도 익어간다. 특히 시인에게는 더욱 그러한 날들이 이어지는 것이다.

> 저 하늬 방향에서 말야
> 어떻게 오는지도 모르게
> 오는데 그게 그게 꼭
> 사타구니 속으로만
> 오더라니까 글쎄
> ─「시로 쓴 농사 일기 30-야한 가을」 부분

"하루 두 번씩 갈아입어야 하는 일복/ 빨래가 귀찮은 그는 속옷을 입지 않는다". 농부의 사타구니 속으로 가을은 그렇게 온다. 그에게 가을은 수확의 계절이 아니라 또 다른 농사를 준비하는 계절이다. "콩밭이 하나님이기라도 한 양/ 한여름/ 그 땀의 바다를 통성기도하며/ 건너"와서도 "포트에 배추 종자 넣고 거름 넣고/ 밭 갈아놓"는 천상 농부인 것이다.

> 하현의 달만
> 창호 안을 훔치고
>
> 뒷산 엉 위에선
> 부우허어엉 웃는갑다

밑이 드느라
두둑에 금이 쩍쩍 가는 새벽

아내는 몹시
고단한가 보다
　　　　　—「시로 쓴 농사 일기 36-고구마 2」 부분

「시로 쓴 농사 일기-고구마 2」 부분이다. 고구마가 굵어
지고 익어가느라 "두둑에 금이 쩍쩍 가는 새벽"에 썼을, 절
창의 시다. 가을밤의 풍경을 이처럼 생생하게 혹은 설레게
노래한 시를 거의 본 적이 없다. 시인의 자아는 "땅에 비비
며 견딘 세월만큼이나/ 시들거나 썩지 않는다". 고구마를
부안 지방에서는 "땅좆"이라고 부르기도 하는 모양이다. 박
형진 시인은 지금은 사라진 풍경을 추억하며 고구마를 키
워냈다.

　부엌 칼자루만큼 굵고 기다란 하고 붉은 고구마는 꼭 남
　정네의 그것을 닮았다. 그래서인지 이 고장의 속된 말로 고
　구마를 땅좆이라고 했다. 칠산은 예부터 우리나라의 유명
　한 조기 어장인데 왼쪽의 왕등도와 오른쪽의 군산열도가
　변산반도의 코앞에서 삼각으로 만나는 지점이다. 여름 지
　나고 찬바람 나는 구월이면 줄포만은 칠산으로 추젓 잡으
　러 가는 황포 돛배들로 가득 차는데 돛줄을 당기고 키를
　잡는 그 구릿빛 팔뚝의 남정들과 그것을 보며 고구마 밭을

매던 누이들의, 혹은 아짐씨들의 뜨거운 이야기들은 세월이 지났어도 전혀 빛을 잃지 않고 지금도 싱싱하기만 하다.

—「시로 쓴 농사 일기 35-고구마 1」 부분

시 「시로 쓴 농사 일기 35-고구마 1」을 쓸 때의 일기다. 어떤 때에는 일기가 시보다 더 생생하고 아름답기도 하다. 칠산 바다를 향해 떠나는 황포 돛배의 풍경을 생각하니 입에 침이 고일 정도다. "왜 하필/ 고구마밭에서 쓰러졌는지 몰라// 밤이었기 망정이지/ 흰 블라우스가 어찌 됐는지 몰라" 궁금하던 추억도 있다. 가을은 농부에게도 깊은 성찰을 남기며 익어간다.

땀 냄새 속에는 많은 이야기가 있다
진하고 향기가 높을수록
삶이 고단하고 무겁고 깊어졌다는 것이고
…(중략)…
자기 생과 남의 삶을 사랑하지 않고서는
진정한 미움이란 것도 있을 수 없는 거다
갓 낚아 올린 물고기의 퍼덕거림처럼
그 미움도 날마다 날마다 싱싱해야 하는 거고

—「시로 쓴 농사 일기 34-빨래」 부분

진정한 미움에 대한 깊은 성찰로 시인은 가을을 앓는다. 시인이 가을을 앓는 것은 농부의 서성거림에서 잘 드러나고 있다. 농부는 이제 시간의 무늬를 더듬는 사람이다. 시간이

변화하는, 철이 바뀌는 그 순간의 쓸쓸함이 농부의 살과 **뼈**로 들어오는 것이다. 농부는 익어서 시인이 되었다. 바람 불고, 구름마저 쓸려 간 가을의 파란 하늘 아래서 농부는 "이상하게도 수수가 흔들릴 때/ 그가 따라 흔들렸고 콩 이파리들이/ 나풀거릴 때도 같이 흔들렸다." 흔들리는 것은 무엇일까? 농부일까 시인일까 바람일까 수수일까? 일찍이 달마는 뜰 앞의 잣나무가 바람에 흔들리는 것에 대해 말했다. 나뭇가지를 흔드는 것은 바람도 아니고, 가지 스스로도 아니다. 그 나무를 보는 사람의 마음이 흔들린다는 것이었다. 농부는 대지에 발을 깊이 심은 사람이라 쉽게 흔들리면 안 되지만 시인은 언제나 흔들려야 한다. 흔들리지 않고 어찌 시를 쓸 수 있단 말인가. 흔들리면서 흔들리지 않으면서 그렇게 가을처럼 시인은 익어가는 것이다.

겨울 - 자라다

제4부 '겨울'은 「농부」를 비롯해 열여덟 편의 시로 구성되어 있다. 농부에게 겨울은 농사를 쉬는 계절이 아니다. 당연히 시인에게도 겨울은 노는 계절이 아니라 오히려 영혼의 긴장이 팽팽해지는 계절인 것이다. 그것을 잘 표현한 시가 있다.

농사를 아예 그냥 포기하지 않는 한
이 겨울이라고 손발 뺄 수 있는가

…(중략)…

그러니 농사꾼은 놀아도 노는 게 아니고
가만히 있는 것 같아도 일하고 있는 것이여

—「농민전傳」부분

몸뚱이가
소처럼 고단해지고 나서야 비로소
하루해가 저문다 노을이 진다

—「농부」부분

위의 시는 농부의 자아가 겨울을 노래했고, 아래의 시는
시인의 자아가 '하루 노동의 끝'을 노래한 시다. 농부는 마
음을 몸에 새긴다. 농부의 마음은 몸 밖으로 잘 나오지 않
지만, 그 몸이 우주처럼 광활하며 시간이며 공간인 줄을 안
다. 시「피서지에서」를 보면 자아의 그러한 태도가 잘 나타
나 있다. 농부에게 피서지는 해변의 모래사장이나 산 정상
의 시원한 바람이나 어느 고풍스러운 유럽 도시의 골목이
나 유적지가 아니다.

그러므로 여기는 나의 오랜 피서지
어제 흘린 땀이 땅속에 스몄다가
새벽이슬로 되살아서 콩잎에 맺혀서는
금세 뜨거워져 버린 등을 적시는구나

그러므로 콩밭 고랑은 영원한 피서지
무릎걸음으로 이 터널을 지나갈 때

이슬은 땀과 함께 나를 다시 씻기우고
나는 그 세례수를 땅의 혈관에 꽂은 채 여름을 통과한다
—「피서지에서」부분

농부의 영원한 피서지는 "콩밭 고랑"이다. 무릎걸음으로 노동을 하면서 한 생애를 통과하는 노동의 현장이 바로 피서지인 것이다.

나는 그를 달래 한사코 서쪽으로 가야 한다
아주아주 가끔이긴 해도
—「피서지에서」부분

무릎걸음으로 허리로 노동하는 농부의 내면에서 "아주아주 가끔" 시인의 자아가 짐승처럼 꿈틀거리며 밖으로 나온다. 그럴 때마다 농부는 그 짐승을 달래 "서쪽으로" 간다. 박형진의 서쪽은 달마가 온 서쪽이기도 하고, 서방정토의 서쪽이기도 하고, 칠산 바다의 서쪽이기도 하며, 노을의 서쪽이기도 하다. 또한 그의 서쪽은 본질에 대한 깊은 성찰이기도 하다.

행여 잊어버릴라, 세상이 아무리 변한다 해도
쌀 한 톨 낳는 것은 기계가 아니라 땅과 하늘과 사람이
라는 것
—「짚 한 베눌」부분

4차 산업의 시대에도, 5G의 시대에도 가장 원시적인 형태의 농업이 없으면 인간은 결국 굶어 죽는다. 인류 생명의 근간은 농업에 있다. 물질이 아무리 개벽한다고 하더라도 천지와 사람이 없으면 결국 아무것도 아닌 것이 되고 만다. 그러한 도저한 인식이야말로 시인이 꿈꾸는 "서쪽"인 것이다.

겨울이 깊어지면 시인의 시 농사도 깊어진다. 손에 쥐었던 호미를 놓고 가슴속에 가두었던 시라는 짐승을 세상에 풀어놓고 싶은 열망에 사로잡힌다.

> 기다리는가, 돌아서서
> 바라보면 푸르던 지난날은
> 신기루처럼 모래바람에 쓸려가고
> 사막을 가로지르는 강의 한가운데서 나는
> 피안에 서있는 그대를 바라봐야 하는가
> 다시 저 건너편으로 되돌아가서
> 젊은 날의 견우여야 하는가, 어두운 밤
> 그대는 별처럼 멀리 흔들리고
> 나 또한 바람에 돛대 없이 흔들리니
> 어디로 가는 건지 알 수 없는 시간은 흐르고
> 자꾸만 먼동은 터오려 하는데
> 정수리가 다 드러나도록 기다린 세월에도
> 스스로 디딤돌 하나 놓을 수 없단 말인가
>
> 떠나가리, 어느 절간

뒷벽에 그려진 심우도의 동자처럼
내가 거두는 한 마리 암소를 풀어주고
콩밭 걱정 깨밭 걱정 잊고 한 삼 년
떠돌리, 그것이 이 염천보다 더한
모래 먼지 속일지라도 내 육십지년의
밭고랑에 새긴 한숨과 탄식을 넘고
걱정과 조바심 욕망과 허망을 넘어서
맨발에 굳은살이 박이고 새살이 돋도록
차라리 눈먼 봉사로 떠돌리, 귀먹은 귀먹쟁이로
입 닫은 벙어리로 떠돌리 떠돌다가
굳은살 속에 귓속에 입가에 다시
콩잎 깻잎 돋아 나오면 그때 한바탕
소나기로 춤추며 돌아오리
칠석에

—「칠석」 전문

  여기가 바로 시인이 가고자 하는 서쪽인 것이다. 시의 서
쪽으로 시인은 긴 방황을 하면서 겨울의 혹한을 견디는 것
이다. 젊은 날의 견우였던 나는 이미 늙어버린 감나무지
만, 그대는 별처럼 멀리 흔들리고 있으니. 동시에 시인은
돛대도 없이 흔들리는 배가 되는 것이다. 은하수를 건너지
도 못하고 은하수의 변두리만 끊임없이 떠도는 돛대 없는
배. 그러기에 그의 혹한은 날씨에 있지 않고 저 "아득한 시
간"에 있다.

잊고 사는 것이 꼭

나쁜 것만은 아니어라

못 보면 죽을 것 같던 시간도

소나기처럼 지나고 나면 그 자리

찢긴 꽃에서도 열매는 맺고

시나브로 시나브로

다시 새로운 싹은 돋을지니

그러나 비 닮은 마음은 또 안 듯 모른 듯

멀어져서 아득한 시간,

—「기우祈雨」부분

  그의 기우제는 처연하다. 비를 기원하는 제사가 아니라 그리움을 기원하는 제사를 지내고 있는 듯하다. 이처럼 박형진의 겨울은 풍요롭다. 「사월, 길을 잃다」와 「2014-0416」와 같은 세월호와 관련된 시들도 그의 겨울을 채워주는 시들이다.

  생명은 겨울에도 자란다. 잎을 모두 떨궈낸 나무들은 겨울에야 비로소 굵어지고, 늦가을에 심은 양파와 마늘도 언 땅속에서 생명의 끈을 놓지 않고 기어이 살아내고 자란다. 농부들은 호미를 벽에 걸어두고 비로소 입정入定에 드는 것이다. 입정은 고요에 들어가는 것을 뜻한다. 이 고요는 적막도 바람 한 점 없는 호수의 물결도 아니다. 태풍 전야처럼, 천지창조의 대혼돈 직전의 상태가 바로 고요이다. 겨울의 고요는 그리하여 뭇 생명을 준비시키는 시간인 것이다.

3. 농부의 자아와 시인의 자아

박형진은 두 개의 자아를 갖고 있다. 농부의 자아와 시인의 자아가 그의 정체성을 구성하고 있는 것이다. 농부로서 그는 하루 종일 대지에 몸을 담그고 농사일을 한다. 그의 대지는 생명의 땅이며 생명을 피워 내는 땅이기도 하다. 그는 대지의 젖은 논에 온몸을 담그고 일을 하고 또 한다. 그 노동 속에서 박형진은 온전하게 농부가 되고 시인이 되는 것이다.

박형진은 "불목하니"이다. 불목하니는 계를 받은 스님이 아니라 '절에서 밥 짓고 땔나무하고 물 긷는 일을 맡아서 하는 사람'이다. 박형진 시인은 불목하니의 불 때는 행위야말로 아름다운 일이라고 노래한다.

> 날마다 아궁이에 불을 때는 사람은
> 마누라 엉덩이에 불을 지피는 사람이다
> 마누라 엉덩이가 따뜻해져야
> 세상이 돌아간다, 아랫목에 편안히
> …(중략)…
> 누구라도 혹시나 겨우내 뭐하냐고 물어온다면
> 제발 나무나 하면서 그렇저렁 지낸다 하지 말고
> 나무를 해서 이 메마르고 추운 세상을
> 따뜻하게 불 지피고 계시노라고 말해라
>
> ─「불목하니」 부분

불목하니는 부처를 섬기러 온 사람이 아니라 중생을 섬기러 온 사람인 것이다. 박형진은 농부로서 흙과 바람과 비와 씨앗을 섬기고, 시인으로서 중생과 슬픔과 저항과 성찰을 섬기는 사람이다. 그의 이런 시인된 마음을 가장 잘 드러낸 시가 시집의 맨 마지막에 실려있는 「꿈, 나무」이다.

　　바닷속에는
　　아홉 그루의 나무가 있다
　　뿌리가 된 열여덟 개의 다리가
　　갯벌 깊숙한 곳으로 골을 내어서는
　　육지로 육지로 길을 만들고
　　한 발, 또 한 발
　　천 날 밤을 걸었다

　　바닷속에는
　　아홉 그루의 나무가 있다
　　가지가 된 열여덟 개의 팔뚝들은
　　이파리처럼 미역 줄기를 손에 붙인 채
　　한 팔 또 한 팔 휘저어
　　천 날 낮을 헤엄쳤지만
　　아- 언제나 제자리로 맴돌아 가는 밤

　　가위눌린 꿈이여, 나무여, 저 시커먼
　　이무기 소용돌이 아가리여, 이빨들이여

　　달아나도 달아나도 달아날 수 없는 이 꿈을

천지가 쪼개지는 돌덩이로 내리쳐서
내 정수리를 산산조각, 어느 찰나에
수천수만의 산의 나무가 바다로
바다의 나무가 산으로, 나무란 나무는 모두
그 뿌리와 가지를 뻗고 또 뻗어 서로
어깨를 걷고 허리를 싸안아

나무이게 하소서
지상의 시간이게 하소서

—「꿈, 나무」부분

　박형진은 부안의 촌구석에서 농사를 지으면서도 세월호
의 슬픔을 누구보다도 많이 느꼈던 사람 중의 한 사람이다.
그는 앞에 나서서 요란스럽게 슬픔을 말하진 않았으나 내면
깊은 곳에서는 「꿈, 나무」와 같은 시를 쓰고 있었던 것이다.
바닷속에서는 결코 나무가 자랄 수 없지만 시인의 바다에서
는 꿈처럼 나무가 자란다.
　농부의 자아는 그의 삶을 구성하는 매우 중요한 요소이
다. 그의 영혼 속에 농부가 들어있지 않다면 그는 시인이 될
수가 없다. 이것은 한 사람의 몸과 마음 안에서 동시성으로
발현된다. 농부가 되었다가 시인이 되는, 순차성의 삶을 살
아내는 것이 아니다. 농부이며 동시에 시인인 상태로 그는
노동하고 있다. 아름다운 일이다.